KB115287

불영야차

천룡사 新무협 판타지 소설

FANTASTIC ORIENTAL HEROES

불영야차 1
천품사 新무협 판타지 소설

초판 1쇄 찍은 날 § 2018년 8월 22일
초판 1쇄 펴낸 날 § 2018년 8월 29일

지은이 § 천품사
펴낸이 § 서경석

총괄팀장 § 최하나
편집책임 § 이선근

펴낸곳 § 도서출판 청어람
등록번호 § 제387-1999-000006호
등록일자 § 1999. 5. 31
어람번호 § 제2-2751호

주소 § 경기도 부천시 부일로 483번길 40 서경B/D 3F (우) 14640
전화 § 032-656-4452 팩스 § 032-656-4453
http://www.chungeoram.com
E-mail § chungeorambook@daum.net

ⓒ 천품사, 2018

ISBN 979-11-04-91813-1 04810
ISBN 979-11-04-91812-4 (세트)

불영야차

천품사 新무협 판타지 소설

FANTASTIC ORIENTAL HEROES

①

도서출판
청어람

佛影遊史

불영야차

제일장(第一章)

법륜(法輪)

"장요, 상세는?"

"문제없소."

"하하, 아직도 말이 짧군그래."

사내의 말에 얼굴을 구기는 노인이다.

장요. 달리 검마(劍魔)라 불리는 그의 이름을 어느 누가 그리 쉽게 입에 담을 수 있을까.

하나 장요의 눈앞에 선 남자는 그럴 자격이 충분하다. 그저 크지도 않은 자존심 때문에 얼굴을 붉히고 있으나 마음으로는 충분히 승복한 남자.

검마 장요에게 이름 대신 주군(主君)이라는 이름으로 불리는 사내다.

천주신마(天主神魔) 유정인.

유정인은 사위를 둘러보았다. 세가 좋지 않았다. 문제없다는 장요의 말을 믿기에는 상황이 그리 낙관적이지 않다. 절요(節妖)와 구절(九節)의 얼굴도 여러 번의 격전으로 생긴 내상을 꾹 참고 있는지 창백했다.

"그나마 천독(千毒)의 상태가 제일 낫군."

유정인은 아직은 어린 청년의 얼굴을 하고 있는 남자를 돌아봤다.

해천. 남해(南海)의 구룡암(九龍庵)이라는 작은 암자에서 시작된 깃털처럼 가벼운 인연이다. 그 작은 인연의 뿌리가 여기까지 그를 인도할 줄은 몰랐다.

이렇게 스러질 목숨들이 아니다. 자신을 따르던 팔요마(八妖魔) 중 절반이 유명을 달리했다. 욕심을 부리지 않았다면 이런 비극은 없었을까.

유정인은 잠시 눈을 감고 상념에 빠졌다. 품 안에 안은 핏덩이. 이 아이를 살리기 위해 수십의 목숨이 재가 되었다.

"해천. 자네와는 여기서 갈라지도록 하지."

유정인은 단호했다. 너무 어리다. 검마와 절요, 구절은 이미 지천명을 넘어선 나이다. 게다가 검마 장요는 고희를 바라보는 노장이다. 잔인하지만 이미 살 만큼 살았다.

해천은 이제 약관을 막 넘어선 나이. 이대로 죽기에는 그 생때같은 목숨이 안쓰럽다. 그리고 부탁하고 싶은 것도 있었다.

천주신마는 천독요 해천을 지그시 바라보았다.

'이대로 떠나게.'

천주신마의 눈빛이 해천을 다그쳤다.

네 사람 중 어느 누구도 그런 천주신마의 의견에 토를 달지 않는다. 그들은 이미 모두 알고 있는 것이다. 여기에 남는 자들의 말로가 어떻게 될지, 얼마나 비참한 끝을 맞이하게 될지 명확하게 알고 있기 때문이다.

그들을 추격하는 자가 다름 아닌 정도무림맹회(正道武林盟會)이기에.

구파일방(舊派一幇)과 중원팔대세가(中原八大勢家)를 위시한 군소 방파의 천라지망(天羅地網)이 숨통을 조여오고 있기에.

그렇기에 살리고자 한다.

천독을 다루기에 천독요라 불리고, 세상에 손가락질당하는 마인이지만 천주신마와 살아남은 팔요마가 보기엔 아직 어린 아이일 뿐이다.

"싫습니다. 주군께 구명받은 목숨, 이대로 주군을 위해 산화(散華)된다면 그뿐. 다른 생각은 없습니다."

"이 사람아, 신마께서 괜히 그런 소리를 하는 것이 아닐세."

그때까지 입을 꾹 다물고 있던 절요라고 불린 자가 입을 열었다.

절요마수(節妖魔手) 진양은 유정인과 해천을 돌아보았다. 말을 하면서도 억지로 내상을 다스리고 있는지 입가에 검붉은 핏줄기가 흘러내린다.

본디 내력을 움직인다는 것은 극한의 정적임 속에서 행해야 하는 것. 몸에 무리가 갈 줄 알면서도 진양은 입을 열었다. 그 또한 해천을 살리고 싶었기 때문이다. 아니, 그의 품속에서 주군의 아이가 무사히 도주해 생을 이어나갈 수 있기를 바랐다.

"소주(少主)."

"아!"

해천은 옆에서 묵묵히 듣고만 있던 구절편마(九節鞭魔) 사진도의 말에 탄성을 터뜨렸다. 과묵하기 그지없는 사진도가 이런 말을 한다면 십중십(十中十) 확신이 선 경우다.

그렇다. 자신에게는 남아 있는 사명(使命)이 있었다. 적들로부터 도주해야 할 사명이다. 해야 할 일을 깨닫자마자 머리가 맑게 개는 느낌이었다. 해천은 자리에서 일어나 급히 떠날 준비를 했다.

"갑니다. 주시지요."

유정인은 품속에 안은 아이를 해천에게 건넸다.

자신의 아들. 마인인 자신과는 다르게 평범한 유가(儒家)의 가문에서 자란 부인에게 얻은 유일한 핏줄이다.

피도 눈물도 없는 마인(魔人)이라지만, 마인도 사람이다. 제 손안의 생명은 그 무엇보다 소중한 법이다.

그것을 너무 늦게 깨달았음인지.

그의 손에 헤아릴 수 없을 만큼의 피가 흐르고 나서야 깨달은 생(生)의 도리였다. 유정인은 품 안에 안은 아이를 한 번 바라보고 품에서 한 권의 서책을 꺼내 해천에게 넘겼다.

"부탁하마."

"이것은……?"

"적영마공(赤影魔功)이다. 잘하는 짓인지 모르겠다. 이 아이 만큼은 마인으로 살길 원하지 않지만, 그래도 넘겨줘야 할 것 같다. 그런 예감이 들어."

"알겠… 습니다……."

고개를 끄덕이는 해천.

어느새 품 안에 적영마공의 서책을 갈무리하고 두 팔에 안은 아이를 결연한 표정으로 바라보다 이내 자리를 떠난다.

해천이 떠나가자 네 사람은 입고 있던 피풍의를 찢어 보자기로 만들었다. 교란책이다. 맹회가 얼마나 속아줄지 의문이다. 여우 같은 모사들이 많아 들키기까지 시간문제라지만 없는 것보다는 나으리라.

"검마. 절요. 구절."

신마를 바라보는 세 사람.

"고맙다."

고개를 끄덕이는 세 사람이다. 이제 시작이다. 해천이 소주를 안고 이 지독한 그물을 벗어날 수 있도록 몸을 불태워야 한다.

*   *   *

"쫓아라!"

얼마나 뛰었는가. 몸속에 도도하게 흐르며 피를 갈구하던 적영마공(赤影魔功)의 진기가 고갈됐는지 제대로 도인이 되지 않았다.

유정인을 천주신마라는 희대의 마인으로 만들어준 마공이 기근에 말라 버린 나무처럼 말라비틀어졌다.

'다른 사람들은······.'

사방(四方)으로 흩어져 도주한 지 이틀. 수백 장 밖을 감지해 내던 기감(氣疳)에 아무것도 잡히지 않았다.

'이럴 시간에.'

이럴 시간에 조금이라도 더 움직여야 한다. 유정인은 구덩이를 파고 누운 바닥을 박차고 일어났다. 이렇게 도주만 하고 있으면 모두 잡힌다.

해천이 목표가 되지 않게 시선을 끌어야 한다. 아마 다른 삼요마도 같은 생각일 터.

유정인은 끊어질 듯 이어지는 진기의 흐름을 붙잡고 크게 소리쳤다.

"정도맹(正道盟)!"

유정인의 고함이 산속을 흔들었다. 이제 곧 반응이 오리라. 눈을 감고 조금이라도 진기를 회복하기 위해 힘쓴다.

사락사락—

수풀을 헤치는 거친 소리가 들린다. 무섭도록 빠르다. 천주신마는 수풀을 헤치고 나타날 이가 누구인지 직감했다.

"천주신마!"

도복을 입은 노인이 눈앞에 서 있었다. 소매에 새겨진 흑백의 태극(太極) 문양이 고고하다.

남존무당(南尊巫堂).

도의 성지라는 무당파의 진인(眞人). 이미 몇 번이나 부딪혀 보지 않았는가.

희대의 마공이라는 적영마공도 도사의 도력(道力)에는 미치지 못하는지 손해를 보기 일쑤였다.

"쉽지 않겠군. 그렇지 않소, 검선(劍仙)?"

"신마여, 그대의 악행은 온 세상천지가 다 아는 바. 그 죄는 죽음으로 갚아 마땅하다. 하나 그 무위는 마공으로도 올라서기 힘든 지경에 이르렀으니 명예를 아는 무인(武人)이라면 자결하라."

"도사의 입에서 나온 말이 자결이라니. 세상이 말세인가 보오. 이 신마는 포기하지 않으리다. 오시오, 무당의 검선이여!"

경천동지. 신마의 적영수가 검선의 송문고검(宋文古劍)에 부딪힐 때마다 굉음이 일었다.

검선의 검이 태극을 그릴 때마다 유정인은 계속해서 뒤로 물러섰다.

일수일퇴.

천주신마라는 위명도 희대의 마공인 적영마공도 덧없다. 하나 지금 이 순간만큼은 마인이 아닌 한 아이의 아버지로서, 수하를 둔 주군으로서 물러설 수 없었다.

용맹정진이다.

신마의 손에 핏빛 강기가 어린다.

적영마수(赤影魔手).

불길한 느낌의 강기가 검선의 검을 때렸다.

온몸으로 달려든 일격이다. 마공의 끝이 검선과의 양패구상(兩敗俱傷)이라면 족하다. 이미 한계에 다다른 몸이 아니던가.

천주신마의 적영마수에 검선의 검(劍)이 부러질 듯 휘었다.

극의에 이른 사량발천근(四兩發千斤).

무당이 자랑하는 태극의 검예(劍藝)가 신마의 마수를 막아 냈다. 신마는 신형을 물리지 않고 일보 전진한다.

"끝까지!"

검선의 노성이 터지고 검끝이 빨라졌다.

태극을 그리는 검극.

무당의 전승자만이 익힐 수 있다는 태극혜검이다. 저건 막을 수 없다.

결국 신마는 아끼고 아끼던 진원진기마저 끌어냈다.

생명의 근간이 되는 기운.

후천지기라 불리며 오랜 시간 쌓아갈 수 있는 내공과는 달리 태어날 때부터 정해진 그 기운.

진원진기를 끌어냈다는 것은 곧 마지막을 의미한다.

"태극혜검이라니. 내 마지막에 호사를 누리는군! 지옥에서 봅시다."

적영천라(赤影天羅).

하늘을 뒤덮는다는 초식의 이름만큼이나 흉험한 기운이 천주신마의 몸에서 일어났다.

불길함의 극치.

초식의 묘리를 살리기 힘들 만큼의 상태로 끌어 올린 진원

진기. 신마의 몸에서 뻗어나간 강기의 파도가 검선의 검극을 덮쳐갔다.

그물망처럼 검선의 몸을 덮어가는 강기의 파도에 검선의 눈이 흔들린다.

무당 최고의 검공이라는 태극혜검(太極慧劍)을 믿어야 할 순간이다. 검극으로 그려내는 태극의 숫자가 헤아릴 수 없이 많이 생겨났다.

강기의 기운이 서린 태극의 문양이 적영의 파도를 막아서며 그물막에 구멍을 뚫어놓는다.

'우 상방 두 개, 좌 하방 한 개. 못 막는다.'

태극혜검으로도 미처 막지 못한 방향을 몸으로 막자 강기의 파편이 검선의 귀와 어깨를 할퀴고 왼쪽 종아리 살이 터져나갔다.

십수 년 만에 느껴보는 고통에 정신이 아찔했으나 앞으로 전진했다.

도사(道士)이기 이전에 그 역시 검사(劍士).

검선은 손에서 검을 놓지 않았다. 아래에서 위로, 사선으로 가른다.

촤아아악—

막대한 경력이 천주신마의 몸을 향해 쏟아져 갔다. 태극의 검공이 천주신마의 적영마공을 뚫고 몸에 기다란 상흔을 남졌다. 길게 베인 복부와 가슴에서 쏟아져 내리는 피. 끝내 무릎을 꿇고 만다.

천주신마!

그 이름이, 그 위명이 땅에 떨어지고 있었다.

"쿨럭!"

"역시 쉽지 않다. 그대의 몸 상태가 정상이었다면 그 자리에 있는 것은 내가 되었겠지. 대승(大僧) 무허가 이르길, 쉽지 않은 무인이라고 하더니."

"과연 땡중의 백보신권은 대단하더이다. 당신의 태극만큼이나 완성된 무공이었지. 적영마공으로 보호하던 내 어깨를 부수고 지나가더군."

"신마여. 마지막으로 남기고 싶은 말은 없는가?"

"크그큭큭. 검선이여. 이제 와서 무슨 할 말이 있겠소. 이만 죽이시오."

검선의 얼굴에 묘한 기색이 스쳐 지나갔다.

"걱정을 하는군. 나를 넘어서 어디를 그리 바라보는가. 도주한 요마들을 걱정하는가? 그렇다면 안타깝게 되었군. 자네와 팔요마를 잡기 위해 곤륜(崑崙)을 제외한 구파의 팔존(八尊)이 나섰다. 그대들에게 희망은 없어. 또 산을 내려가면 승냥이 같은 팔대세가가 무리를 이루고 있으니… 자네가 계획한 것이 무엇이 되었든 다 부질없을 걸세."

"허망하구나."

천주신마 유정인은 그대로 눈을 감았다. 아직 숨이 끊어지진 않았지만 더 이상 눈을 뜨고 있을 힘조차 남지 않았다.

'끝이구나.'

검선은 그대로 등을 돌려 사라졌다.

생명의 불이 눈에 띄고 꺼져가는 천주신마다. 이대로 두어도 숨을 거두리라.

악인의 경우 목을 베어 맹회의 정문에 효시하는 것이 관례이나, 검선은 천주신마를 그대로 두고 떠났다.

마인일지언정 대인의 풍모를 갖춘 자다. 수하를 위해 희생할 줄 아는 무인이다. 그런 그를 효시해 맹회의 정문에 목을 걸어놓는 것은 치욕이리라.

검선은 적어도 제 손으로 신마의 목을 베지 않겠다고 다짐했다. 검선의 등 뒤로 흔들리는 목소리가 스쳐 지나갔다.

"호정아… 부디 살아라……."

악명 높은 희대의 마인이라는 천주신마는 그렇게 눈을 감았다.

*　　　　　*　　　　　*

해천은 지난 이틀간 품에 안은 유호정을 바라보며 미친 듯이 뛰어왔다.

주군인 신마와 검마, 절요, 구절이 길을 막았을 터인데, 그 길에 구멍이 뚫린 것인지 구파의 무인들이 사방에서 달려들었다.

품속에 지닌 독들을 뿌려가며 도주했지만 끝내 뿌리치지 못했다. 이제 해천에게는 독도, 기력도 남아 있질 않았다.

이대로 포기해야 하는가.

자신은 죽어도 상관없다. 하지만 품 안의 소주는 포기할 수가 없었다. 되든 안 되든 해본다. 결심과 함께 해천은 몸을 숨기고 있던 바위틈에서 일어났다.

"그만."

작지만 위엄 있는 목소리다.

이에 해천은 반사적으로 품 안의 소주를 꽉 끌어안고는 손을 뻗어냈다.

날이 시퍼런 비수 한 자루가 소리가 난 방향으로 날아갔다.

일접비(一蝶匕). 독만 잘 다룬다고 해서 팔요마에 들 순 없다. 아니, 절정에 이르지 못했다면 남해에서 신마를 따라갈 수조차 없었으리라.

어중이떠중이라면 이 일수에 나가떨어지리라. 하나 운이 다했음인지. 승복을 입은 남자는 기력이 떨어졌다고는 하나 절정의 무인이 날린 비수를 맨손으로 잡아냈다.

"무의미한 짓은 그만하라."

"소림!"

"빈승은 무허라고 하지. 들어본 적이 있을 테지?"

해천은 떡 벌어진 입을 다물지 못했다. 자오대승 무허에게 얼마나 많은 고초를 겪었는가.

신마의 어깨를 부수고 지나가던 백보신권의 경력에 치를 떨었던 해천이다.

이 이상의 도주는 무의미하다. 산을 벗어날 수 있을지 장담하지 못하는 상황에서 소주를 품에 안고 소림의 자오대승에게서 도망친다는 것은 불가능했다.

'목숨을 구걸해야 하나.'

해천의 생각은 짧았다. 앞뒤를 재기에는 눈앞에 선 승려가 너무 강력했고, 얼마간의 시간이 흐르면 다른 구파의 무인들도 들이닥치리라.

자신이 살기 위해서라기보다 품 안에 소주를 위하는 마음이다.

"어찌해야 살 수 있소?"

해천의 말에 무허의 미간이 움츠러들었다.

"목숨을 구걸하려 하는가. 마인이라 들었다. 천주신마와 팔요마가 그간 흘린 피가 강을 이루고 바다를 이루었다 들었거늘, 제 죄는 생각지 않고 제 생명만 소중한 모양이로군."

무허의 깊은 안광이 번뜩였다. 소림의 이름으로 덮기에는 이미 때가 지나도 한참 지났다.

맹회가 천라지망을 펼치기 이전이라면 저 젊은 청년의 목숨을 살리기 위해서 소림은 최선을 다했으리라. 그러나 이미 맹회가 소집된 시점.

맹회가 노리는 바가 있고, 그것을 위해 천주신마에 대한 척살령이 중원 각지에 내려진 상황이다. 소림의 이름으로도 어찌할 수 없는 상황이었다.

"내가 아니오."

긴박한 상황과 조금 동떨어진 답이어서였을까, 무허의 단호했던 얼굴에 주름이 졌다. 해천은 재빨리 말을 이었다.

"내 목숨은 그리 중요치 않소. 이미 신마께 구명지은을 입었을 때 내 목숨은 그분에게 바쳤으니 여기서 죽어도 여한은 없소. 다만……."

해천은 품 안에 안긴 신마의 아들을 보자기에서 꺼내 들었다.

"이 아이. 신마의 아들이오. 소림의 이름에 감히 청하오. 이 아이의 목숨을 보전해 주시오. 신마의 핏줄이라고는 하나 아직 아무것도 모르는 생명이오. 소림에서 이 아이를 맡아준다면 내 목숨 따위는 기꺼이 내어드리리다."

그제야 잔뜩 움츠러들었던 무허의 미간이 퍼졌다.

"팔요마 중 말석이라 들었다. 젊은이의 기개는 저 고고한 구파의 무인들보다 더 대단하군. 주인의 자식을 위해 목숨을 버린다라."

"가타부타 대답이나 해주시오. 시간이 없소."

"허허, 요구를 하는 입장에서 어찌 그리 당당한지. 좋다. 내 제안을 하나 하겠다. 마인이라 하나 생명은 소중한 법. 항마동에 들어라. 몇 년이 될지는 모르겠으나 그곳에 든다면, 이 아이에게 소림의 이름을 주겠다. 대신 그대의 무공은 스스로 폐하라. 그 이상은 불가능함이야. 그것으로 만족하라."

"좋소. 대신 그 약조, 반드시 지키시오."

항마동. 마인들을 가두는 소림의 족쇄. 좁다란 벽과 마주해 몇 년이 될지도 모르는 시간을 홀로 견뎌내야만 하는 곳.

면벽에 익숙한 승려들도 혀를 내두르는 곳이다. 그것으로 이 아이를 살릴 수만 있다면⋯⋯. 아이를 조심스레 내려놓는 해천이다.

세상은 그를 향해 마인이라 부르지만 스스로 협의를 버린 적이 없다 자부한다.

신마에게 빚진 은을 여기에서 갚는다. 절정에 이른 무공과 여생이 아깝지 않다는 생각이 든다면 거짓이리라. 하지만 그거면 되었다.

망설임 없이 소매에 감춰둔 비수가 기해혈을 파고들었다. 흩어지는 내력, 스러져 가는 정신이다.

"부탁하오."

고개를 끄덕이는 무허의 눈이 감탄으로 물든다.

주군과 아이를 위해 자신의 모든 것을 망설임 없이 바친다는 것은 쉬운 일이 아니다. 그 결단에 경의를 표하는 무허다.

신마의 자식과 팔요마에 대한 처사는 자오대승이라 불리는 무허로서도 홀로 결정하기 어려운 일인 바. 하나 소림의 항마동이라면 다른 팔존도 이견을 제시할 수 없으리라. 저 해천이라 불리는 젊은 청년의 기개와 결단에 걸어본다.

무허는 해천의 품에서 아이를 안아 들었다. 잘생긴 아이다. 어린아이의 이목구비가 이렇게 또렷하기도 힘들리라. 무허는 한 손에 아이를, 나머지 한 손으론 해천의 몸을 들쳐 멨다.

투둑.

어깨에 매달린 해천의 품에서 무언가 떨어졌다.

적영마공.

신마의 무공이 틀림없었다. 무허는 손에 쥔 아이와 땅에 떨어진 비급을 보며 기이한 연을 느꼈다.

육신이 천지(天地)와 교통을 이루고, 내딛는 걸음마다 만물의 신기(神奇)가 함께한다. 매 순간 인간의 한계를 뛰어넘고 있는 무허다.

무허가 그리 느낀다면 반드시 이어진다. 막으려 해도 결코 막을 수 없으리라.

하지만 괜찮다.

돌고 돌아 태극이라는 저 남존(南尊)의 격언처럼 마공과 이 아이는 순리로써 조화(調和)를 이루리라.

그리고 그 순간 무허는 그 자신의 천명(天命)을 깨닫고야 말았다. 눈에 비친 이 아이가 그의 천명이다.

"법륜(法輪)."

아이의 얼굴을 보자마자 생각난 법명(法名)이다.

전륜성왕(轉輪聖王)의 세상 모든 이치를 아우르는 수레바퀴. 신마의 자식은 부처의 진리(眞理)가 될 것이다. 무허는 그 수레바퀴를 다듬는 구도자가 되리라.

각각의 천도(天道)가 지상으로 내려온 순간이다.

*　　　　　*　　　　　*

숭산(崇山)의 새벽은 실로 적막하다.

깊고 험준한 절벽과 계곡이 주를 이루는 곳. 높고도 높게 솟은 절벽은 마치 철탑을 보는 것만 같았다.

소실봉을 포함한 삼십육 봉우리를 아우르는 안개는 보는 이로 하여금 묘한 신비감을 느끼게 했다. 넓게 퍼진 안개가 부처의 가사 자락처럼 펼쳐져 있는 모습이다.

그 모습이 마치 잘 익은 벼처럼, 재주를 내세우지 않는 군

자처럼 보였다. 그 신비함 속에 머무르는 사람들은 산의 모습과 닮아 있었다.

산에 머무는 사람들은 승려다.

달마가 서역에서 건너온 이래 중원 무학의 시발점이 된 소림사가 여기에 있다.

불도에 전념하는 승려들을 위한 양생의 공에서 시작된 무학은 작금에 이르러 그 누구도 부정하지 못할 중원 무학의 성지로 여겨진다.

부처의 품속에서 몇 번의 계절이 지났다. 봄, 여름, 가을, 겨울. 산이 푸른 옷을 걸쳤다 황색의 옷을 갈아입길 몇 차례. 법륜은 시간의 흐름마저 잊은 채 무공에 몰두했다.

"륜아, 그렇지. 그렇게 하는 거다."

법륜. 이제 십이 세의 나이다. 파르라니 깎은 머리에 가부좌를 틀고 앉은 법륜은, 그렇게 소림의 승려로 자라났다.

동자승.

법륜은 소림에서 올곧은 성품과 드러나지 않는 강인한 기풍을 몸에 담았다. 무허가 법륜을 기르며 가장 심혈을 기울인 부분도 바로 심성이었다.

마인의 자식.

중원을 피로 물들인 신마의 핏줄이니 그 심성을 걱정한 것도 우려는 아니었으리라. 하지만 무허의 걱정과 달리 법륜은 여느 평범한 아이들과 다를 바 없었다.

'그렇지만 이런 무재(武材)라니. 놀랍구나!'

올곧은 심성만큼이나 가진바 무공도 십이 세, 나이에 맞지 않는 성취를 자랑했다. 피는 속이지 못하는지 고작 불혹의 나이에 중원을 혼란에 빠뜨렸던 천주신마의 재능이 고스란히 이어진 것 같았다.

재능뿐만이 아니다. 비록 마인일지언정 대인의 풍모를 갖추고 있던 천주신마였다. 법륜은 그의 호방한 성품과 기개도 온전하게 물려받은 것 같았다.

부모의 원수나 다름없는 이의 손에 가르침을 받고 자란다.

무허의 마음속은 법륜이 하루가 다르게 자라남에 기꺼운 마음과 걱정이 함께했다. 부모의 원수나 다름없는 이의 손에 가르침을 받고 자란다.

이 어린아이에게 어찌 설명해야 할까.

실은 너의 부모는 세상이 손가락질하는 악인이었으며, 그를 내 손으로 죽인 것이나 다름없다 설명할까. 그것은 너무 가혹한 처사임과 동시에 말도 되지 않는 일이다.

무허는 작게 한숨을 내쉬었다. 도무지 답이 보이질 않았다. 소림에서 무허를 제외하고 유일하게 법륜의 출신 내력을 알고 있는 사람은 현 방장(坊長)인 각선이 유일했다.

무허는 법륜의 출신에 관해서 함구했다.

법륜의 입적(入籍)을 위해 각선에게는 숨길 수 없었지만 그 외에는 그저 인연이 닿은 아이라는 설명만을 늘어놓았다.

세월의 흐름은 법륜의 성장에만 있지 않았다. 법륜이 자라나는 만큼 무허의 정(情)도 나이를 먹어가며, 구존(九尊) 중 불존(佛尊) 자오대승(紫悟大僧)을 인간 무허로 만들었다.

젊지만 사려 깊은 방장은 이런 점을 걱정했으리라.

무허의 한숨이 깊어만 갔다.

법륜은 가부좌를 튼 상태에서 무허의 한숨 소리를 들었다.

무엇이 잘못되었나.

항상 자상한 얼굴로 자신을 대하는 무허의 한숨이 늘어가는 요즘이다.

어리지만 또래 아이들보다 많은 공부를 한 법륜이다. 비록 책 속의 글자를 익혀냈을 뿐이지만 세상을 바라보는 눈만큼은 오랜 수양을 쌓은 승려들 못지않았다.

그런 법륜에게 무허의 잦은 한숨은 마음대로 되지 않는 무공 외에 또 하나의 고민이 되었다.

무공의 성취가 문제일까.

아니다. 무허에게 배운 반야신공(般若神功)과 소림칠십이종절예(少林七十二種絕藝)를 몸에 담은 지 몇 해. 비록 법륜 스스로가 만족하지 못할지언정, 무허는 언제나 법륜의 무공에 대한 이해를 칭찬해 왔다.

비록 반야신공이 앞으로 나아가지 못하고, 칠십이종절에 대부분이 그 형(形)을 갖추기에 급급했다지만 법륜은 자신이 느리다는 생각은 결코 하지 않았다.

그렇다면.

법륜의 눈이 침중하게 가라앉았다. 어찌해야 할까. 어린 시절 매일 같이 보여주었던 무허의 그 자상한 미소를 다시 볼 수 있다면.

자신이 자라는 만큼 늙어가는 노승의 입가에 다시 미소를 피울 수만 있다면 무엇이든 해내겠다고 생각하는 법륜이다. 그것이 무공이라면 더 높이 날면 된다.

'하지만 그것이 아니라면……'

노소의 마음이 교차했다.

서로를 생각하는 마음. 불법과 법륜을 사랑하는 무허의 마음과 오직 무공만이 무허를 기쁘게 할 수 있다 믿는 어린 승려 법륜의 마음이 맞물렸다.

그렇게 처음부터 어긋나 버린 운명의 수레가 천천히, 그리고 단호하게 굴러갔다.

*　　　　　*　　　　　*

팡파팡!

십오 세. 아직 청년이라 부르기엔 모자라나 소년이라 보기에도 어려운 나이. 찰나처럼 흐르는 시간이다.

법륜은 나한권(羅漢拳)과 금강장(金剛掌)을 펼치며 무허의 가슴 안쪽으로 파고들었다.

나한권과 금강장은 강공이다.

강력하게 일수를 끊어 쳐야 한다. 하지만 강한 만큼 동작이 단순하다. 근접 박투 위주의 무공이기에, 무허의 품 안으로 파고드는 것조차 쉽지 않았다.

법륜이 나한보(羅漢步)의 보법을 밟으며 달려든다. 상체를 숙이고 중심을 낮게 잡는다.

무허는 얼마든지 들어와 보라는 듯 상체를 한껏 벌렸다.

부족한 공력(功力)에 눈에 뻔히 보이는 수법이기 때문이다. 하지만 무허는 법륜의 일권, 일장을 허투루 볼 수 없었다.

법륜이 무공을 연련하길 어느새 십 년이다.

강산이 변한다는 세월 동안 법륜은 이미 기본을 넘어선 상승의 무리(武理)를 몸에 담아가고 있었다. 그 세월이 손과 발에 녹아 있었다.

나한권과 금강장. 소림의 제자라면 누구나 배우는 기본 권법과 장법이지만 그만큼 절정에 이르기 어려운 무공이다.

비록 기본공일지언정 법륜의 손속은 과감했고 또 매서웠다. 기본공만 가지고 무허와의 공방을 주고받는다는 것 자체가 법륜의 재능을 말해주고 있었다.

순식간에 무허의 품 안으로 파고든 법륜은 연달아 권장을 펼쳐냈다. 그러나 상대하는 자가 나쁘다고 해야 할까. 소림 무학의 살아 있는 전설인 무허는 아주 간단하게 손을 내미는 것으로 법륜이 펼치는 무공의 맥점을 짚어냈다.

무허의 손에 실린 공력이 조금이라도 더해졌다면 맥을 끊는 것을 넘어 일수에 몸을 부수고 나갈 정도로 정교하고 강력한 일격이었다.

강변일도의 소림 무공에서는 쉽게 볼 수 없는 절묘한 한 수다. 그 일수에 법륜이 땅을 뒹굴며 멀리 튕겨 나갔다.

"아직도 틈이 보인다. 기본에 충실한 것은 좋다. 나한권과 금강장. 희대의 절공은 아니나 기본을 닦기에 이만한 것이 없다. 모든 소림의 입문 제자들에게 가르치는 이유가 있음이다. 하나."

무허의 얼굴이 제자의 잘못을 꾸짖는 엄격한 스승의 모습으로 변했다.

"기본을 닦고 그것을 실전에서 바로 적용해 사용하기란 어려운 일이다. 기초를 닦기에 훌륭한 무공임에도 끝을 보려는 자가 드문 이유이기도 하다. 요는, 너무 단순하다는 데 있다. 투로가 단순하다는 것은 그만큼 읽히기 쉽다는 말과 다르지 않다. 실전이었다면 그런 단순한 움직임은 오히려 독과 같다."

실전을 염두에 둔 가르침이었다. 무허의 표정이 다시 자애로운 스승의 얼굴로 돌아왔다.

어느새 무허의 표정은 편안해 보였다. 성장하는 법륜을 보며 많은 고민을 했지만 뚜렷한 답을 찾지 못했던 무허다.

무허는 마음을 편히 먹기로 했다. 모든 것을 그저 흘러가는 대로, 불법의 이치에 맡기고자 마음먹었다. 처음 법륜을 보며 그의 천명을 느꼈던 그때처럼, 전부 전해주면 된다.

판단은 훗날 법륜이 스스로 내리리라.

법륜의 심성이야 말할 것도 없었고, 무공 또한 천주신마의 핏줄이 선사한 재능보다 공명정대한 소림의 무학에 믿고 맡기기로 했다.

잠깐의 상념에 법륜은 이미 자리에서 일어나 무허 앞에 서 있었다.

"방금 그것. 반선수(反先手)지요?"

"그래, 이게 바로 반선수다."

무허는 오른손을 내밀어 반선수를 천천히 전개했다. 본디 무공이란 빠르게 펼치는 것보다 느리게 펼치는 것이 더 어려운 법이다.

정심한 내력으로 올바른 방향을 향해, 알맞은 속도로 인도해야 하며 그 내력의 흐름에 맞는 초식과 투로를 부단히 연마해야 한다.

그런 면에서 본래의 운공의 묘를 벗어나 펼쳐진 무허의 둔경(鈍境)의 반선수는 무허의 무공이 상리를 벗어나 새로운 경지로 나아가고 있음을 보여준다.

"굉장하군요. 배우긴 했지만 사조처럼 이렇게 느리게 펼치는 것은 꿈도 꾸지 못하겠습니다. 아직 멀었다는 생각이 듭니다."

"과하다. 너와 나의 세월이 반백 년이다. 너와 내가 겪어온 시간과 공이 다른데 어찌 같을 수 있겠는가. 하지만 방금 전 나한권과 금강장, 분명히 괜찮았다. 한동안 기본공에 매달리는 것 같더니 굉장한 성취다."

"잡힐 듯 잡히지 않는 것이 있습니다. 그래서 처음부터 되짚어 보고 있는데 보일 듯 보이지 않는군요."

"좋구나. 일보를 내딛던 때가 엊그제 같은데 벌써 달릴 준비를 하고 있구나. 얻는 것이 있다면 내게도 보여다오."

그 말을 끝으로 연무는 끝이 났다.

자리에 털썩 주저앉는 법륜이다. 짧은 순간이었지만 무허의 반선수에 튕겨 나갔을 때의 그 위험한 느낌은 잊을 수가 없었다.

아마 무허가 일푼의 내력이라도 더 실었다면 중상을 면치 못했으리라.

"아직도 많이 부족하군."

오로지 무(武)만을 보며 달려온 시간. 법륜은 시간이라는 절대적 존재가 주는 야속함과 무력함에 이를 악물었다. 하지만 주저앉지는 않는다.

강인한 법륜의 성정이 빛을 발하는 순간이다. 높은 벽 앞에서 포기하지 않는 것. 일류(一流)와 절정(絶頂), 절정(絶頂)과 초절정(超絶頂)을 가르는 천고의 재능이 함께한다.

언젠가는 도달한다.

법륜은 다시 무공을 짚어나가기 시작했다.

*   *   *

소림이 위치한 숭산은 언제나 적막함과 함께한다. 불도에 매진하는 산사의 삶이란 그런 것인지. 오로지 수행과 참선에만 공을 쏟는 곳이 소림이다.

그런 소림의 하루는 인시(寅時) 말(末)이 되어서야 시작된다.

터엉!

하나의 종소리가 소실봉 삼십육 봉우리에 잠든 생명의 기운을 하나둘 깨워냈다. 아직 태양도 고개를 내밀지 않은 짙은 어둠 속에서 소림의 승려들은 의관을 정제한다.

발소리 하나 내지 않고 움직이는 승려들은 소림의 가장 중앙에 위치한 대웅전을 향해 모여든다.

조간 예불.

승려의 일과 중 예불은 빼놓을 수 없는 중요한 행사였지만 일상이 수행의 연속인 소림의 승려들에게는 별다를 것 없는 행사였다.

어디에서든 부처에게 예를 올릴 수만 있다면 그만이라 생각한다. 불법의 성지이면서 무파의 모습이 그대로 반영된 모습이다.

하지만 오늘은 조금 다르다. 오늘은 소림의 모든 승려가 모여 하루를 시작해야 하는 날이다.

원단(元旦).

새해의 첫날을 함께하고 소림의 문을 개방해 향화객(向化客)을 맞는 날이다. 소림의 금지(禁地)를 제외하곤 내외원 모두를 개방하는 날이기에, 항시 소림다운 모습을 유지하고 있어야만 하는 날이다.

법륜과 무허가 기거하는 법호당(法護堂)은 소림 본산과는 상당한 거리가 있는 곳이다. 소림의 중앙, 대웅전까지는 일반인의 걸음으로 반 시진이 넘는 거리.

법륜은 눈을 뜨자마자 의관을 정제하고 법호당을 나섰다.

거기다 잘 닦인 관도가 아닌 산길임을 감안할 때 십오 세 어린 승려가 매일같이 참여하기엔 상당한 무리가 따르는 길.

하지만 법륜은 단 한 번도 조간 예불을 빼먹은 적이 없다.

법호당에서 대웅전에 이르는 길.

그 길마저 수련이라 생각하는 법륜이기에 소림의 불영신보(佛影神步)로 산속을 질주한다. 법륜의 발끝이 은근한 불광을 품는다.

울퉁불퉁 튀어나온 길에 제대로 정리되지 않은 나뭇가지들이 앞을 막아서지만 법륜의 보보에는 거침이 없다. 새 생명을 피워내는 나무들이 시야를 스쳐 지나갔다.

반 시진이 넘는 거리를 불과 일각(一刻)도 되지 않는 시간에 주파한다. 저 멀리 대웅전으로 향하는 승려의 무리가 보였다.

법륜도 그 승려들 틈에 섞여 발걸음을 재촉했다. 원래부터 거기에 섞여 함께했다는 양, 그 모습이 자연스러웠다. 예불이 끝나면 공양이 시작된다.

공양이 끝날 때까지 소림의 승려들은 입을 열 수 없다. 일종의 묵언수행이다. 언제나 정적인 소림의 하루 중에서도 가장 삭막한 시간이다.

옆에서 걷던 동자승이 눈인사와 함께 입을 뻥긋거린다.

'법료.'

법륜도 마주 고개를 끄덕인다.

법륜 또래의 승려들은 얼굴을 잘 볼 수 없는 법륜에게 강한 호기심과 호승심을 느끼는 것이 대부분이다.

평소 예불과 공양이 끝나면 부리나케 법호당으로 사라지기 일쑤여서 얼굴을 볼 수 없는 데다, 각(覺) 자 배분의 사숙들이 아닌 소림의 전설 무허에게 배우고 있었던 까닭이다.

하지만 소림의 모든 승려가 모여 있는 대웅전에서 간 크게 입을 열 동자승은 없었다.

가깝지만 먼 존재. 어린 승려들에게 법륜은 그런 존재였다.

법륜은 평소와 다른 오늘에도 동떨어져 있었다. 사람을 만나는 일이 드물다 보니 동 항렬의 법 자 배분의 사형제들을 만나도 할 말이 없었다.

이 적막함이 왠지 모르게 답답하게 느껴졌다.

이윽고 공양이 끝나자, 법륜은 그나마 안면이 있던 사형 법오에게 다가갔다.

"법오 사형, 오늘은 원단이니 저도 도울 일이 있겠지요?"

법오는 친근하게 다가오는 법륜을 보며 흠칫했다.

평소에 그나마 안면이 있긴 했지만 친근하게 굴 사이는 아니었기 때문이다. 법륜은 법호당에, 법오는 본산 세심각(洗心閣)에 머무니 오가며 얼굴을 본 적은 있어도 교류가 없었던 까닭이다.

평소에 얼굴 한번 보기 힘든 법륜이기에 법오는 지금의 상황이 어색하기만 했다.

"법… 륜… 사제군. 그간 잘 지내셨는가?"

법륜은 법 자 배 항렬에서도 나이가 적은 축에 속했다. 대사형 법무가 이립을 바라보는 나이, 가장 어린 법료가 십삼 세이니 법륜 또한 아주 어린 제자임에 틀림없었다.

법오 또한 약관을 넘겨 법륜과는 열 살 차이가 넘게 났다.

문제는 이것이다.

나이 많은 사형마저 법륜을 어렵게 대하는 것. 법륜이 무허에게 사사했기 때문에 생긴 문제였다. 법륜은 그 점이 이해가 가질 않았다. 사문의 어른인데 어려울 것이 무언가.

법륜의 생각과는 달리 법오는 법륜을 아랫사람 대하듯 편하게 대할 수 없었다. 법륜이 누구에게 배우는지 아는 까닭이다.

자오대승 무허.

소림의 살아 있는 전설. 대승이라 불리며 달리 활불이라도 불리는 소림 최고의 무승이자, 천하에 적수가 없다는 남자다.

무허에게 무공과 경전을 배우는 법륜 또한 소림 내에서는 유명 인사였다.

같은 승려가 보기에도 잘생긴 얼굴과 시원한 웃음. 펼치지 않아도 몸에서 자연스럽게 드러나는 무공은 법륜이 무허의 진전을 제대로 잇고 있다는 것을 단적으로 보여주었기 때문이다.

그런 무허가 가르치는 어린 제자에게 함부로 대한다거나, 아무렇지 않게 다가가 일을 시킬 담력이 있는 제자는 거의 없었다.

그래서인지 법륜은 사형제들 간의 두터운 우의나 정 같은 것을 느껴본 적이 없었다. 거리를 두기 때문이다. 법륜이 일부러도 친근하게 구는 데는 이유가 있었다.

"예, 잘 지냈습니다. 법오 사형, 오늘은 저도 돕겠습니다."

"어… 음. 그러면 사제는 지객원(知客院)으로 가서 향화객 맞을 준비를 좀 도와주게. 무허 사조께는 미리 말씀을 드리도록 하고… 불허(不許)하시면 그냥 돌아가도 좋다네."

법오는 더 이상 법륜과 엮이기 싫다는 표정으로 서둘러 사라졌다.

"지객원이라."

법륜은 지객원이란 단어를 조그맣게 반복하며 걸음을 옮겼다. 그 걸음에는 평소와는 다른 설렘이 담겨 있었다. 이미 스승 무허에게 허락을 맡으라는 이야기는 안중에도 없었다.

지객원은 소림의 손님을 맞는 가장 첫 관문이다. 사람을 만날 때 첫인상이 많은 것을 좌우해 중요시하는 것처럼, 소림도 그렇게 생각했다.

지객원을 담당하는 승려들은 하나같이 헌양하고 언제나 친절한 미소를 지을 수 있어야 한다. 무파의 입구이기도 하니 무공 또한 일류를 상회할 만큼 출중해야 지객승(知客僧)이 될 수 있다.

법오는 법륜에게 오늘 하루 지객승의 역할을 맡긴 것이다.

법륜이 찾아간 지객원은 소림이 갖는 명성에 비해 굉장히 검박했다. 지객원의 기와는 군데군데 보수한 흔적이 그대로 드러나 있었고, 오랜 세월을 증명하듯 기둥에 칠한 색이 바래 있었다.

지객원 너머 소림의 산문 앞에는 수많은 인파가 몰려 북새통을 이루고 있었다. 그 줄이 언덕 아래까지 이어져 그 끝을 헤아리기 힘들었다.

법륜은 길게 늘어선 줄을 바라보았다.

고관대작의 부인이 타고 왔는지 화려한 가마가 보이는가 하면, 엄동설한의 날씨에도 홑겹의 옷을 입고 추위에 벌벌 떠는 빈곤한 아낙네도 보였다. 듬성듬성 허리춤에 칼을 찬 무인들도 여럿 보였다.

법륜은 무공을 익히지 않은 일반인들보다 무인들에게 집중했으나 눈에 띌 만한 고수는 보이지 않았다. 하기사 원단은 한 해의 시작이라는 굉장히 큰 의미가 있는 날이니만큼, 이름난 무인을 찾아보기 힘들지도 몰랐다.

그런 무인들은 대게 일가를 이룬 자들이기에 함부로 발걸음을 옮기지 않았으리라.

'고수는… 없는가?'

해를 넘겨 십육 세가 된 법륜이다. 어린 나이임에도 스스로가 무인임을 자각하고 있는지 무인들부터 살펴보았다.

지난 몇 년간의 고련을 통해 상승의 무공에 눈을 떠가고 있는바, 법륜은 그런 스스로를 다잡으며 들떠 있는 마음을 추슬렀다.

그런 법륜이 막 지객원주인 각운을 찾아 등을 돌린 순간.

쏴아아아—

강대한 기파가 법륜의 등 뒤를 잠식했다. 순식간에 등에 식은땀이 흘렀다.

'이 무슨!'

*   *   *

'재밌는 아해로고. 아니, 동자승이로고.'

노인은 길게 기른 수염을 쓸어 넘겼다. 하얗게 센 머리칼과 수염은 가히 신선의 풍모나 다름없었다. 하나 그와는 대조적으로 검은색 비단 장삼을 걸친 노인의 기세는 선풍도골과는 달랐다.

막대한 패도지력이 내제되어 있는 노인의 몸은 속세를 등진 도인이라기엔 너무도 강렬했다.

노인 구양백은 향화객 인파 속에서 화려한 가마를 옆에 두고 지객원을 바라보고 있었다. 그런 구양백의 눈에 법륜이 들어온 것은 우연이 아닌 필연이었으리라.

팔대세가 중 하나인 구양세가의 소가주 구양비와 비교해도 뒤떨어지지 않는 무위. 구양비의 나이가 올해로 딱 약관이니, 저 나이에 절정을 넘보는 소림의 어린 승려가 놀랍게만 보였다.

초절정의 무위를 넘어 절대라는 이름에 한발 가까워진 구양백의 눈에 비친 법륜은 '과연 소림!'이라는 찬탄을 금치 못하게 했다.

그리고 구양백은 그 감탄을 입안으로 감추지 않았다.

"과연 소림이로고."

"할아버지, 그게 무슨 말씀이세요?"

화려한 가마의 문틈 사이로 앳된 여아의 목소리가 들려왔다.

"연아."

구양연은 가마의 창을 열어 조부 구양백을 바라보았다. 내심의 짜증과 기대를 한 몸에 품고 소림의 산문에 이른 조손이다.

원단이다.

화려한 불꽃놀이와 사자무, 길거리에 열리는 무수한 좌판들. 세가가 위치한 한중이라면 호위를 대동하고 당연하게 즐겼을 것들을 조부 구양백을 따라나서며 포기해야 했던 그녀다.

발단은 구양백의 세상에서 가장 유명한 절을 구경하러 가자는 꼬임이 있었지만.

"피. 할아버지는 뭐가 그렇게 재밌어요? 저 줄 줄어들려면 오늘 하루 종일이 걸려도 모자라겠어요. 지루해 죽겠다구요!"

"어이쿠, 우리 손녀. 기다리는 것이 많이 지루하더냐? 그럼 이 할애비가 재미난 것을 보여줄까?"

"정말요? 그게 뭔데요?"

"저기 저 스님이 보이는고?"

"차암 잘생긴 스님이네요. 그런데 저 어린 스님이 왜요? 저 스님이 재미있는 스님인가요?"

초롱초롱한 눈이 부담스러웠는지 구양백은 은근슬쩍 구양연의 눈길을 피했다. 재미있다라. 분명 재미있을 것이다. 문제는 그 재미를 느끼기 위해 약간의 소란을 피워야 한다는 점이다.

소림의 차기 방장인 법무를 본 적이 있는 구양백이다. 저 어린 승려는 그 당시 방장 제자와 비교해 봐도 별로 떨어져 보이지 않았다.

법무가 펼치는 무공을 보고 눈이 개는 느낌을 받았던 구양백이기에, 법륜을 그냥 지나칠 수 없었다.

다른 이유도 있었다. 장강후랑추전랑(長江後浪推前浪)이라.

자신의 시대는 이제 저물어간다지만 구양세가는 여전히 앞으로 나아가야 한다. 구파는 언제나 세가의 걸림돌 같은 존재였기에, 소림의 후기지수가 어느 정도인지 파악하려는 의도도 있었다.

문제는 눈앞에 보이는 동자승에게 장난을 걸다 자칫 잘못하면 소림의 무승들이 죽자고 달려들지도 모른다는 점이다. 사소한 오해겠지만 수많은 인파 앞에서 그런 망신은 사양이다.

구양백은 저 멀리 보이는 지객원주 각운을 바라봤다.

[각운. 나, 구양백일세.]

전음입밀(傳音立謐)의 수법. 절정 이상의 경지에 도달한 자들만이 펼칠 수 있는 기예다.

지객원주 각운은 귓가에 전음성이 들려오자 주위를 둘러보기 시작했다. 그의 눈에 화려한 가마 옆에 선 노인이 들어왔다. 각운의 눈이 번쩍 뜨였다.

'태양신군(太陽神君) 구양백!'

갑작스러운 초절정 무인의 등장에 각운은 긴장했다. 단순히 초절정의 무인이 등장한 것이었다면 각운이 이리 긴장할 이유가 없었다.

상대가 팔대세가 중 구양세가이기 때문이다.

정마지간(正魔之揀).

정도에 가깝기는 하지만 중원팔대세가는 어디로 튈지 모르는 공 같은 존재로 낙인찍힌 바. 그것이 문제였다. 소림과 같은 구파의 입장에서 팔대세가는 자신의 자리를 넘보는 이리 떼와 같았다.

협의지도(俠義之道)를 숭상하는 구양백의 성품은 나무랄 데가 없다. 하지만 그 뒤에 세가는 그렇지 않다. 약삭빠른 세가는 모든 일에 실리를 추구한다. 그런데 구양백 정도의 무인이 아무런 이유도 없이 산에 오른다?

어불성설이다.

초절의 고수가 행하는 모든 행동에는 그만한 이유가 있게 마련이다. 비록 아무런 의도가 없을지라도 아무 기별 없이 소림의 산문에 나타난 구양백의 행태는 소림의 드높은 자존심에 상처를 내기에 충분했다.

그나마 다행인 것은 구양백 옆에 위치한 화려한 가마에 아주 어린 생명이 올라 있다는 것이었다. 거기에 가마꾼도 무공을 모르는 평범한 민초라는 것.

"무슨 연유인가. 구양세가여."

혼잣말한 각운은 구양백을 향해 전진하면서 향화객들을 뒤로 물렸다. 그런 각운의 귀에 다시 전음성이 들려왔다.

[그만. 오늘은 그저 대자대비하신 부처께 예불을 올리러 온 것일 뿐이니 그리 정색하지 말게. 손녀도 함께했음이야. 한데⋯⋯.]

[말씀하시지요, 신군.]

[내 잠시 확인해 보고 싶은 것이 있는데 잠시 양해를 구할까 해서. 큰 소란 같은 것은 없을 테지만 혹시나 해서. 자네는 그저 본분에 충실하시게.]

각운은 구양백을 똑바로 쳐다보며 말했다.

[구양 시주, 확인이라니요?]

'썩어도 준치. 구파라는 말인가.'

태양신군 구양백.

배분상으로도 소림의 전대 방장과 같은 배분이다. 또한 쌓아온 무가 천지를 진동시키는 바. 각운의 구양 시주라는 한 마디 말은 구양백의 심사를 뒤틀기에 충분했다.

구양백의 눈이 매서워졌다. 구파가 원 황실의 온갖 견제를 받을 때, 재물을 쌓고 세를 넓혀온 팔대세가다. 그 위명이 구파를 넘어섰다는 평가를 받는 지금.

구양백은 각운의 구파와 세가의 고저를 가르는 단호한 선 긋기에 그저 손녀와 함께 여흥이나 즐기려 했던 마음을 철회했다.

진심으로 시험할 생각이 든 것이다.

[보면 알 걸세.]

그 순간, 구양백의 몸에서 강력한 기운이 솟아났다. 조용하게 움직이던 지객원 한 귀퉁이가 벼락이라도 맞은 듯 부산스러워졌다. 각운의 눈에 당황한 얼굴로 주변을 살펴보는 어린 승려가 있었다.

"법… 륜……?"

*   *   *

법륜은 자신의 등 뒤를 잠식하는 거대한 기운에 소름이 돋았다. 소림에서 한 번도 느껴보는 위기감이었다. 법륜은 처음으로 목숨의 위협을 느꼈다.

등 뒤를 찍어 누르는 기운은 법륜의 호흡을 가닥가닥 끊어냈다. 법륜은 호흡부터 되돌리기 위해 안간힘을 썼다. 단전에서 반야신공이 꿈틀거렸다.

호흡이란 무공의 기본과도 같다.

정순하지 못한 호흡은 무공을 펼치는 데 있어 크나큰 제약을 가져온다. 체내에 쌓인 기의 수발 역시 호흡에서 시작해서 호흡으로 끝이 나기 때문이다.

법륜이 기를 쓰고 반야신공을 운기하는 이유도 여기에 있었다.

신공에 힘입어 법륜의 호흡이 정상으로 되돌아왔다.

법륜은 자신의 등 뒤를 점한 거대한 기운에 주춤하면서도 자신의 해야 할 일을 잊지 않았다.

민초. 소림의 정기에 흠뻑 취해 온갖 들뜬 얼굴로 걸음을 옮기는 향화객들이 눈에 들어왔다.

저들을 우선적으로 보호해야 한다. 지객원에 나와 있는 다른 무승들도 그렇게 생각할 터.

그런데.

'평온하다? 이런 말도 안 되는!'

법륜은 이런 기사를 한 번도 겪어보지 못했다. 경륜의 부족함이 당황한 얼굴에 그대로 묻어나왔다. 주변의 민초들의 얼굴은 평온함 그 자체였다.

자신에게만 기세를 집중시킬 정도의 고수라면 법륜이 알아채지 못할 법했다.

무형지력(無形之力).

내력을 자유자재로 다룰 수 있어야만 펼칠 수 있는 공부다.

주변 일대에 퍼지는 정체불명의 기파.

'윽……'

간신히 입안으로 신음을 삼켜냈다.

오로지 자신에게만 몰아쳐 오는 기파의 이격에 법륜은 두려움을 이겨내고자 반야신공을 극성으로 끌어 올렸다. 이대로 있다가는 심각한 내상을 입을 터.

소부처의 의지에 혈맥을 타고 웅혼한 기운이 꿈틀거렸다. 이제 육성의 경지를 바라보는 반야신공은 강대한 기파(氣波)에 잠식당해 꿈쩍도 못하던 법륜의 신체를 순식간에 정상으로 돌려놨다.

누군가의 수작에 놀아났다는 생각도 잠시, 법륜은 반야신공을 전개하며 금강부동보(金剛不動步)의 보법으로 기파를 상쇄시키기 시작했다.

"감히! 소림의 앞마당에서 이 무슨 해괴한 짓인가!"

각운이, 구양백이 설명할 틈도 없이 법륜의 낭랑한 고성이 산사에 울려 퍼졌다.

무언가 잘못되었다!

낭랑하게 외치는 어린 승려를 보며 사람들은 그렇게 생각했다. 한순간에 소림의 산문 앞이 난장판이 되었다.

백색의 휘광을 두른 채 인마를 가르며 전진하는 어린 승려는 사람들에게 불안감을 심어주기에 부족함이 없었다.

소림이 어디 보통 절이던가.

소림의 승려들은 그 누구 하나 재주를 내세우는 사람들이 아닌 바, 어린 승려가 이렇게까지 나서는 것을 보면 보통 일도 보통 일은 아니라고 생각했다.

혼란이 거듭되자 법륜은 다시 낭랑하게 외쳤다.

"객(客)들께서는 빈승의 뒤로 서십시오. 그 어떤 자라도 손대지 못하게 하겠습니다."

법륜은 반야신공을 더욱 끌어 올렸다. 온몸에 휘도는 진기가 법륜의 마음가짐을 말해주는 듯했다.

"어디에서 오신 고인인지는 모르겠으나, 소림의 앞에서 이런 기세라니요! 정체를 밝히고 앞으로 나서시오!"

무공천하제일.

소림은 최고여야 한다.

감히 어느 누가 소림의 이름 아래 이처럼 패악을 부리는가.

아직은 어린 나이. 세상사 이치를 잘 모르는 법륜은 소림에서 나고, 배운 것 모두를 단 하나 '무공'이라는 것에 초점을 맞추고 살았다.

그런 그의 눈에 자신과 소림, 민초들을 겁박하는 것처럼 보였다.

"이래도 나오지 않을 텐가!"

콰아앙!

법륜이 하얗게 물든 몸으로 진각을 밟자 구덩이가 파이며 바닥에 깔린 돌이 부서져 나갔다. 깨진 돌이 비산하며 파편이 튀었다.

돌가루가 튀면서 인파가 한 걸음씩 뒤로 물러섰다. 좁은 공간에서 한 번에 많은 사람이 움직이자 사단이 나기 시작했다. 날카롭게 튄 돌조각에 생채기가 나는 사람이 있는가 하면, 서로 밀고 밀치는 와중에 넘어지는 사람도 부기지수였다.

"나오지 않겠다면 내가 찾고야 말겠소!"

법륜이 고성을 지르고 뛰쳐나가려 하자 지객원주 각운이 나섰다.

"제자 법륜은 그만 그 기운을 거두라."

각운은 복잡한 심경이 담긴 눈으로 법륜을 바라보았다. 무허 사숙이 데려온 아이. 무허는 작은 인연이라며 더 이상의 말을 일축했지만 그저 가벼운 인연은 아니었으리라.

만약 무허가 말한 것처럼 좁쌀만 한 인연이었다면 그저 소림에 맡기고 한두 번 돌아보았으리라.

무허가 직접 가르친 것만 보아도 알 수 있다. 반야신공이다. 소림에서도 아무나 배울 수 없는 신공이다.

무허의 의발전인(衣鉢傳人).

그저 그렇게만 생각했던 각운이다.

그런데 저 나이에 저 기도.

소림 최고의 무승에게 사사했으니 그 경지가 높을 수는 있다. 하지만 저건 너무 과했다.

불법이란 본디 어디에 치우쳐서는 안 된다. 불가의 무학도 그 가르침을 준수한다. 다른 법 자 배분의 제자들이 대부분의 시간을 불경에 몰두하고, 고작 두어 개의 무공을 깊이 참오하고 수련하는 것도 그 때문이다.

너무 무공 한쪽으로 치우치지 않기 위해서.

하지만 과했다.

각운이 알기로 법륜의 나이가 지학(志學)이다. 지학의 나이에 절정의 경지를 넘본다? 백색의 휘광이 그 증거다. 아직 제대로 유형화하지 못하고 있지만 그것 또한 시간문제이리라.

천재적인 무승이라던 달마가 그랬을까, 아니면 스스로 팔을 잘라낸 선조 혜능이 그랬을까.

각운이 보기에 법륜의 경지는 불가해한 일과 같았다.

하나 놀라운 것은 놀라운 것이고 질책해야 할 일은 질책해야 한다. 응당 소림의 제자라면 그래야 한다. 각운은 법륜을 꾸짖었다.

"무공도 모르는 사람이 태반이다! 어찌 그리 기세를 올리는가! 자네의 무공에 다치는 사람이 생길 수 있다는 생각은 어찌 하지 않는가. 어서 기운을 거두게. 그리고 구양 시주, 확인이라더니 이 무슨 처사입니까!"

구양백은 각운의 일갈에 앞으로 나설 수밖에 없었다. 소동의 원인 제공자인 구양백이 나서지 각운의 노기 띤 얼굴이 풀어졌다.

구양백이 떨떠름한 얼굴로 답했다.

"내 어린 스님을 시험해 본다고 결례를 범했네. 본좌는 구양백이라 하네. 강호에선 달리 태양신군이라고도 불리는바, 정도의 일맥을 걷는 입장에서 절대 소형제를 상하게 한다거나 소림을 업신여기려 함은 없었음이니 소형제도 이 늙은이의 면을 보아 그만 용서하시게."

구양백은 말을 마치고 주변의 향화객들을 둘러보며 일일이 포권을 취해 보였다. 소란을 일으킨 것에 대해 향화객들에게 사과한 것이다. 구양백이 포권을 취하자 함성이 쏟아졌다.

태양신군.

정도 팔대세가의 일익인 구양세가의 전대 가주.

그 위명은 굉장한 것이었다.

무림인들이야 팔대세가의 약삭빠른 처사에 불만을 품게 마련이었으나, 무공을 모르는 일반인들에게 초절정의 고수는 하늘을 날고 대지를 가르는 신적인 존재나 다름없었다.

게다가 잘못을 인정하고 일일이 용서를 구하는 모습은 영웅담 속에서나 등장하는 협객의 풍모였기에 사람들은 더 열광했다.

각운은 조용히 그 모습을 바라보았다.

"그렇게 말해도 할 수 없는 일입니다. 소림의 제자 법륜이 무공 일초식도 모르는 일반인을 상대로 그 무를 드러내 사람들을 놀라게 한 것은 명백한 일. 또한 본사를 찾은 세인들의 불심 가득한 고요한 마음을 혼란스럽게 한 것도 같은 선상이니, 제자 법륜은 책임을 회피하지 말고 계율원으로 가 근신하라."

각운이 말을 마치자마자 주변에서 원성이 쏟아져 나왔다.

"우리는 괜찮소!"

"그래, 소림의 무공을 견식한 것으로 족하오! 저 어린 승려가 무슨 죄란 말이오!"

그 모습을 가마 안에서 지켜보던 구양연은 조부 구양백을 물끄러미 바라볼 수밖에 없었다. 재미있는 일이라더니 곤란함 투성이다.

잘못이 있다면 저 어린 스님이 아니라 조부 구양백에게 있었다. 그렇다고 누구의 편을 들기도 애매했다.

한쪽은 잘못이 없고, 다른 한쪽은 피를 이은 조부이지 않은가.

구양연은 가마에서 내려 조심스럽게 구양백의 옆에 서 그의 옷자락을 잡아당겼다.

"할아버지."

평소 자신을 보며 자상한 웃음만을 보여주던 조부가 아무런 반응이 없자 구양연은 조부 구양백의 얼굴을 올려다봤다.

구양백의 얼굴은 굳어 있었다. 구양연은 그 싸늘한 얼굴에 시간이 멈춘 것 같다는 착각이 들었다.

무엇이 할아버지를 그토록 화나게 했을까. 이제 고작 아홉 살인 구양연으로서는 조부의 이런 행동이 낯설고 두렵기만 했다.

세가의 장중보옥.

화사한 미모가 벌써부터 피어나기 시작한 구양연은 세가에서 온갖 떠받듦을 받고 곱게 자란 화초와 같았다. 구양연에게 지금의 상황은 두렵기만 했다. 이제 원단을 맞아 아홉 살에 이른 어린아이.

이제 막 사리를 분별해 나가는 구양연이다. 그런 그녀에게도 조부의 소림을 향한 과한 호승심이 보였는지 구양연의 좁디좁은 사고 속에서 시계(視界)가 느려지더니 멈추어 버렸다. 순식간에 상황을 파악하고 판단한다. 그 재지가 놀랍기만 했다.

그럼에도 나이는 속이지 못하는지, 구양백의 장난 아닌 장난. 그에 과하게 반응하는 소림.

아직 어린 그녀의 눈에 비친 두 사람은 마치 남자아이 둘이 서로 잘났다고 재는 꼴로만 보였다.

어찌해야 할 바를 모르는 구양연이다.

결국.

구양연은 처음 보는 조부의 얼음장같이 차가운 모습에 그만 울음을 터뜨리고 말았다.

"흑… 할아버지!"

그제야 멈춰 있던 시간이 다시 흘러가는 듯했다. 어린 소녀의 울음에 잔뜩 굳어 있던 분위기가 풀려 나갔다.

법륜은 울음을 터뜨린 구양연을 바라보다 사단의 제공자인 구양백을 응시했다.

천고의 재지라면 법륜도 마찬가지. 법륜으로서는 구양연이 어째서 갑자기 울음을 터뜨렸는지 모르지만, 이쪽도 어려도 알 것은 안다. 구양백의 장난 아닌 장난으로 이 사단이 발생했음을. 이야기를 파는 매담자들이나 입에 올릴 만한 우스운 일이다. 그럼에도 법륜은 고개를 숙였다.

"제자 법륜. 불민한 제자의 섣부른 행동이 사문에 폐를 끼쳤습니다. 이곳의 상황이 정리되면 계율원으로 가서 죄를 청하겠습니다."

올곧게 사과하는 법륜의 눈은 한 점의 억울함도 없어 보였다. 각운은 법륜의 눈을 보며 그 눈빛이 참으로 맑다고 생각했다.

때 묻지 않은 산의 영혼.

그저 무공에만 몰두하는 치기 어린 소년으로만 보았는데, 법륜의 당당한 태도와 안정된 기도는 각운으로 하여금 법륜에 대한 평가를 다시 하게 만들었다.

"하나."

법륜은 구양백을 바라보았다.

"태양신군이라 하셨지요. 먼저 견식이 짧아 아랫사람으로 예를 갖추지 못한 점 사죄드립니다. 그러나 노선배께서 행하신 일도 잘한 일은 아니라 생각합니다. 그러니 이 말학 후배 법륜이 구양 노선배께 청할 일이 하나 있습니다."

"무엇인가."

"비무!"

구양백의 눈이 경탄으로 물들었다. 부처를 모시는 사찰이기 이전에 무파(武派)인 소림이다. 이는 구파의 법도는 아니다. 백색의 불광을 내비치던 저 어린 승려는 승려보다 무인이 더 잘 어울리는 소년이었다.

"잘못을 행했고 그 잘못을 벌하는 사문의 법도가 있습니다. 사문의 어른이 죄를 묻겠다 하시니 그 죄는 제가 달게 받겠습니다. 하나 노선배의 행동으로 제가 죄를 받게 되었으니 노선배와 저는 좋은 인연을 맺었다고 하기에는 무리가 있겠지요. 그러니 단 한 번의 비무로 좋지 않았던 기억들을 모두 털어버렸으면 합니다."

비무.

강호에서 태양신군이라는 거창한 별호로 불리는 위인이니 법륜 자신은 손도 못 써보고 패할지도 모른다.

무허 사조에게 여러 번 들은 바가 있지 않은가.

구양세가의 절기는 강력한 열양기공을 활용한 적수공권의 박투. 하나 이는 소림도 자신 있게 내세우는 장기다. 배울 점이 분명히 있을 것이다.

스스로가 이룬 무를 확인하고 상대를 통해 새로운 것을 배운다. 그야말로 타산지석이다. 그로 인해 성장할 수 있다면 그만이다.

법륜은 소매를 접어 올렸다. 이것으로 모든 화를 털어낸다. 법륜은 그렇게 생각했다.

"좋네. 하나 이곳은 많은 사람들이 지켜보는 곳. 함부로 손을 쓰기 어려우니 자리를 옮기도록 하지."

구양백은 법륜의 제안을 받아들였다. 이대로 물러나기엔 법륜이 밝힌 소림의 정명함에 구양세가가 소인배가 될 뿐이다.

또한 저 정도 되는 인재가 소림의 아무에게나 배웠을 리 없다는 생각이 들었다.

구파의 수위를 다투는 소림의 후기지수가 얼마만큼의 역량을 가지고 있는지 시험해 볼 가치가 있었다.

"누구 마음대로!"

구양백의 대답에 각운이 급하게 끼어들었다.

"법륜, 어찌 그리 중요한 일을 함부로 결정하느냐! 사문의 존장 앞에서 허락도 구하지 않고 비무라니! 내 절대 허락할 수 없다!"

"사숙!"

"무엇들 하는 게냐. 어서 객들을 안으로 모시거라."

각운의 서릿발 같은 기세에 법 자 배분의 제자들이 어물거리며 향화객들을 소림 산문 안으로 인도하기 시작했다.

법륜과 구양백, 구양연은 그런 각운을 쳐다보기만 할 뿐이다. 세 사람은 물결치는 인파 속에서도 꿋꿋했다.

　구양백은 수많은 생사결과 협행으로 명성을 떨친 인물이다. 소림의 명성이 태산과 같다지만 그의 이름값 또한 결코 가볍지 않다. 이대로 각운의 말에 따라 법륜이 계율원으로 가 죄를 받게 되면 구양백의 명성에 먹칠을 하는 꼴이다. 더불어 세가에도.

　"이보게, 각운. 저 소형제의 말도 일리가 있음이야. 소림의 어린 제자를 이대로 물러나게 만든다면 이 구양모에 대해 좋지 않은 기억들만 남을 걸세. 더불어 세가에도. 내가 범한 결례이니 내가 저 소형제에게 도움을 조금 주고 싶을 뿐, 다른 의도는 없음이야. 원한다면 자네가 참관을 해도 좋다네."

　구양백의 강렬한 시선이 각운에게 머물렀다. 구양백의 어조는 담담하고 낮았으나 반대로 엄청난 위엄이 담겨 있었다. 그저 동네 인자한 할아버지의 모습에서 태양신군으로 화한 노인의 모습에 법륜은 침을 꿀꺽 삼켰다.

　"내 이렇게까지 말하고 있음이야."

　초절정의 고수가, 태양신군이 경고하는 최후의 통첩이었다.

　[그만!]

　거대한 음성이 산중에 울려 퍼졌다.

　육합전성!

불문의 사자후가 이럴진가. 도가의 창룡후가 이러련가.

허공의 모든 방위를 점하고 들려오는 거대한 음성에 산문으로 향하던 인파가 멈춰 섰다. 법륜과 각운, 구양백 일행도 마찬가지였다.

절정 이상의 경지에서만 펼칠 수 있다는 전음입밀의 수법을 완전히 초월한 지고한 경지의 음공. 그 음성엔 불법을 수호하는 사천왕의 기세가 함께했다.

소림의 내원문을 제치고 등장한 일단의 승려.

황색의 법의, 붉은색 가사. 손에 들린 녹색의 불장.

소림 방장, 각선의 등장이었다.

"객을 맞이하는 지객원이 이리 소란스럽다니, 이해할 수 없구나, 각운 사제."

소림 방장 각선을 필두로 그 뒤를 따르는 사대금강(四大金剛)과 십팔나한(十八羅漢), 소림의 중추를 담당하는 원주들의 행차였다.

그 기세가 대단해 소림의 산문 안으로 들어서던 향화객들도 고개를 돌려 바라보게 만들었다.

"이쪽은 태양신군 선배시군요. 후배 각선이 노선배를 뵙소이다. 이 좋은 날 어찌 이리 발걸음을 하셨습니까. 또 어찌 저를 바로 찾지 않으셨습니까. 귀빈께서 오셨으면 응당 방장실로 모셨을 터인데요."

각선은 과거 구양백을 본 적이 있기에 바로 알아볼 수 있었다.

하나 구양백은 친근함이 묻어나는 각선의 목소리가 명왕의 목소리처럼 매섭게만 들렸다. 소림의 방장이라고는 하나 이 나이 어린 후배는 질책하는 듯한 목소리로 자신을 꾸짖고 있는 것이다. 소림의 방장은 그리해도 되는 위치라는 것을 각선은 단적으로 보여준 것이다.

강호의 선배를 보아도 먼저 예를 취하지 않는 것. 그게 구파의 일익인 소림의 위치였다.

'오만하구나, 구파여.'

그럼에도 구양백은 한발 물러설 수밖에 없었다.

많은 사람들의 이목이 집중된 지금, 구양백의 처신 하나에 세가의 위신이 세인들의 평가에 오르내릴 수 있음을 너무도 잘 알기 때문이다.

"내 방장과 소림에 큰 결례를 범했네. 다시는 이런 일 없을 테니 너무 몰아세우지 마시게. 이미 낯이 뜨거워 견디기 힘들 지경이야. 그저 사과의 의미로 저 소형제에게 한 수 가르침을 주려고 하니 방장은 이 노인의 청을 물리치지 마시게나."

"물론입니다. 소림의 제자에게 가르침을 주신다니 어찌 거절하겠습니까. 하나 이곳은 장소가 적절치 못하니 자리를 옮기시지요. 제자 법륜도 함께 가도록 하자. 각운 사제는 조금만 더 고생해 주시게. 가시지요, 신군."

각선은 그대로 등을 돌려 안쪽으로 사라졌다. 그 뒤로 사대금강과 나한들이 뒤를 따라 움직였다.

각선의 뒤를 쫓아 따르는 세 사람이다.

묘한 인연. 이 연이 좋은 연이 될지, 아니면 나쁜 연이 될지는 아직 미지수다. 오롯이 각자에게 달렸다. 그런 세 사람의 얼굴은 무척 복잡해 보였다.

방장의 뒤를 쫓아 소림의 안으로, 또다시 문을 넘어 안으로 들어가길 몇 차례. 일행은 넓은 공터 위에 서 있었다.

노송이 뿌리를 내려 푸르름을 자랑하는 그곳, 무허와 법륜이 머무르는 작은 암자였다.

무허는 출타 중인지 모습이 보이질 않았다. 작은 암자의 공터에 선 법륜의 표정은 복잡하기도 했고 후련하기도 했다. 사조라지만 스승 격인 무허가 없음에 안도했다.

아마 오늘 일을 들으신다면 호되게 질책하시겠지.

한편으론 구양백이라는 강력한 무인을 상대로 비무를 하면서 스승인 무허에게 자신이 이만큼 배웠다고, 이만큼 이루어냈다고 자랑하고 싶은 마음에 그가 없는 것이 서운하기도 했다.

법륜은 구양백 앞에 오연한 표정으로 바로 섰다. 방장과 사대금강, 십팔나한이 지켜보는 가운데 이루어지는 비무다.

태양신군은 얼마나 강할까.

그의 남환신공(南煥神功)은 어떠할까.

그를 바탕으로 펼쳐내는 구양세가의 절기들은 또 어떨까.

법륜은 분노와 원망을 모조리 지워냈다. 오로지 무 하나로 평가받는 자리다. 법륜은 바로 선 채로 포권을 취한다.

"소림 이십팔대 제자 법륜. 이십육대조 자오대승 무허 사조께 가르침을 받았습니다. 소림의 칠십이종절예를 수련했고, 그로 비무에 임하고자 합니다. 좋은 가르침을 부탁드리겠습니다."

"구양백이다. 남환신공과 구양산수(九陽散手)로 비무에 응하겠다. 소림의 제자 법륜. 그 나이에 그 기세. 출중하다. 소림의 이름은 과연 구파에 수위에 올려도 무리가 없음이야. 하나 무에 쏟아온 시간이 다르다. 한 손을 봉하고 삼초식을 양보하겠다. 준비가 되면 언제든지 오라."

말을 마치자마자 구양백의 몸에서 뜨거운 열풍이 불어 나왔다.

정마지간의 세가라 했나. 저 정도의 무예를 쌓기 위해 얼마만큼의 노력을 기울였을까.

지금의 법륜에게는 정마지간이라는 세간의 평도, 방금 전의 사단도 중요치 않았다. 그저 구양백만이 보였다.

뜨겁게 불어닥치는 저 기세.

남쪽의 불꽃이라는 신공이라는 이름에 결코 부족함이 없다.

그에 법륜도 지지 않고 기세를 끌어 올렸다.

반야신공.

무허에게 배운 내력. 나한공과 금강공 등 기초적인 심법들은 익혔으나 일찍이 주력한 것은 반야신공 하나였다.

소림칠십이종절예도 아직은 많이 부족하다 하나 형을 잡아가고 내력을 원활하게 수발하는 경지에 이른 법륜이다.

그로 상대한다. 그리고 배운다.

무허 사조와의 대련과는 전혀 다른 비무가 될 것이다. 그렇게 생각하면서 법륜은 땅을 박차고 달려 나갔다.

법륜의 반야신공이 꿈틀거린다.

우수에 천(天), 좌수에 지(地)다. 상체를 전부 포용한 나한권의 기수식이다. 기본공 중에 기본공. 내력을 수발하는 중요 구결이 빠졌다고는 하나 당장 저자에만 나가도 쉽사리 굴러다니는 무공 초식.

법륜은 나한권의 일초를 뻗어냈다. 하늘을 가리키던 오른손과 함께 앞서 있던 왼쪽 다리가 나아간다.

비교적 단순한 수. 눈에 뻔히 보이는 수법이다.

어디까지나 구양백이 삼초를 양보하기로 했기에 펼쳐진 일수.

강호에서 구양백 정도의 인물을 만나기란 요원한 일.

실전이라면 이 정도의 무인에게 이런 간단한 일권을 펼쳐내지는 않았으리라.

생사결도 아닌 지도에 가까운 비무를 하면서 일초부터 그런 실수를 펼치기엔 법륜이 가진 성정이 너무나 바르고 정명했다.

그렇다고 해서 법륜의 첫 수가 어린아이의 재롱처럼 보이는가 하면 그것은 또 아니었다.

법륜의 육성 반야신공의 내력이 담긴 나한권은 일류에 도달한 무인이라도 쉽게 막기 어려운 것이었다. 하지만 초절정에 이른 무인은 달라도 역시 달랐다.

구양백은 그런 법륜의 일권을 향해 검결지를 내밀었다. 구양백의 손가락이 법륜의 손에 닿는다. 법륜의 몸이 덜컥하고 단번에 멈춰 버렸다.

단순한 수에는 단순하게 대응한다? 그게 아니다. 법륜이 펼친 나한권의 맥점을 손가락으로 일점 격파한 것이다. 그것도 한 손으로 뒷짐을 진채 간단한 손짓 하나로 파훼해 버렸다.

삼초를 양보한다 했으니 곧바로 공세로 돌아오진 않을 터, 뒤로 물러서는 법륜이다.

'역시 무허 사조의 말씀대로다. 형은 완벽에 가깝지만 완전한 것은 아니야. 실전에서 쓰기엔 너무 단순하다.'

법륜은 구양백과 약속한 이초를 전개하면서도 생각을 멈추지 않았다.

이어지는 이초는 금강장. 역시나 기본공이다.

장대하게 뻗어나가는 일장. 비록 절정의 경지에 들지 못해 완벽한 발경은 아니었으나 거센 풍압을 동반한 것이었다.

완벽하게 다듬어지지 않은 장법이 구양백을 향해 날아갔지만 구양백은 꿈쩍도 하지 않았다. 이미 융통무애한 경지에 이른 백전의 노장이다.

이 정도의 장법, 기세는 그에게 익숙함을 넘어 소꿉장난 정도로밖에 안 보였다. 구양백은 법륜의 일장을 마주하며 똑같이 두 번의 장법을 펼쳐냈다.

법륜의 쌍장에 맞추어 빠르게 손을 내지르고 회수한다. 간단한 일수였지만 법륜의 공세는 어느새 무위로 돌아가고 말았다.

"소형제, 장난은 이쯤하고 제대로 해보게. 마지막 일초만 남았네."

구양백이 약간 날이 선 목소리로 말했다. 법륜은 이초를 허비하고 나서야 구양백을 향한 자신의 마음가짐이 얼마나 오만한 것인지 깨달았다.

무를 배운다?

그것도 상대를 봐가면서 해야 하는 것이다. 강호에서 만났다면 상대를 경시하는 마음에 한 줌 핏물로 녹아내렸을 것이다.

지도의 성격이 담긴 비무였어도 마찬가지다. 처음부터 전력을 다한 맹공을 펼쳤어야 했다. 법륜과 구양백의 격차는 그래도 될 정도로 많은 차이가 난다. 법륜은 그제야 눈이 뜨이는 느낌이었다.

무공이란 그런 것이다.

오랜 세월 몸에 쌓아와도 일순간에 무너져 내릴 수 있는 것.

상대가 나보다 강하면 죽는다는 것.

소림의 품 안에서 안전하게만 무공을 익혀온 법륜은 구양백과의 비무에서 자신이 얼마나 자만심에 차 있었는지 깨달았다.

일초 일수에 혼신의 힘을 다한다.

소림에서는 절대로 배울 수 없는 가르침이다.

구양백이 말한 마지막 남은 삼초식. 법륜은 기도를 정돈했다. 이미 중요한 것은 다 배운 것 같은 느낌이 들었다.

"이번에 보여 드릴 것은 아직 제대로 제어가 되지 않습니다."

"얼마든지 오라."

구양백은 한 손으로 뒷짐을 지고 남은 한 손으로 까딱거렸다. 그 말에 법륜의 마지막 삼초가 시작되었다.

합장을 하는 두 손. 마주한 두 손이 떨어지며 부드럽게 원을 그렸다.

흡사 무당의 태극공과 같은 동작이었으나 그 기세만큼은 소림의 정기가 흠뻑 담겨 있었다.

원을 그리던 법륜의 왼손이 허리에 붙었고 오른손이 뒤로 당겨졌다 앞으로 뻗어 나왔다. 오른손의 일점에 강맹한 기운이 서렸다.

법륜의 얼굴과 등에 땀이 맺혀 주루룩 떨어졌다.

"백보신권(百步神券)."

법륜은 이 일수에 남은 반야신공의 내력을 모두 밀어 넣었다. 단전이 순간적으로 텅 빈 듯해 공허함과 탈력감이 느껴졌다.

온몸이 비틀거리듯 흔들렸으나 법륜은 끝까지 눈을 부릅뜨고 자신이 뻗어낸 일권을 바라보았다. 그와 동시에 반야신공을 동공으로 운용하며 체력을 회복하기에 힘썼다.

이번 초식이 마지막 삼초였으니 구양백이 바로 공세로 전환해 들어올지도 모른다는 생각 때문이다.

우우웅―

곧게 뻗어나간 권력이 구양백을 향해 날아갔다. 구양백에게 접근할수록 권력의 힘은 약해져만 갔다.

만약 절정지경에 들어 기를 응집할 수 있었다면 어땠을까.

갈수록 사그라지는 백보신권의 경력을 유형화할 수 있었다면, 그때에도 구양백은 저런 흥미로운 얼굴을 할 수 있었을까.

구양백은 자신에게 날아오는 무형의 장력을 느끼며 당혹감을 드러냈다.

처음에는 잘못 들은 줄 알았다.

백보신권이라니.

소림의 절정에 도달한 무승도 쉽사리 펼쳐낼 수 없다는 전설의 무공이다. 현재 제대로 펼칠 수 있는 자는 기껏해야 원로원의 승려들과 방장 정도일까. 그런데 그 전설의 무공을 저 어린 무승이 펼칠 수 있다고?

구양백이 처음 백보신권을 보았을 때 얼마나 놀랐는지 모른다.

자오대승 무허, 구양백은 아직도 똑똑히 기억한다.

천주신마를 추격할 때, 소림의 활불이 펼치는 백보신권의 일격이 허공을 격하고 천주신마의 어깨를 날려 버렸던 그 장면.

구양백은 눈을 부릅뜨며 자신에게 날아오는 경력을 느꼈다.

"이건 백보신권이 아니군."

구양백은 왠지 모르게 농락당한 기분에 기세를 터뜨렸다. 법륜이 펼치는 백보신권은 형과 의는 제대로 따르고 있으되 그를 받혀주는 내력이 부족했다.

유형화되지 못한 권력은 자신에게 날아오며 차츰 제어가 되지 않기 시작하더니, 종국에 와선 일방을 점하는 것이 아니라 파도가 덮치듯 무작위로 덮쳐왔다.

하기사, 저 어린 나이에 백보신권을 저 정도의 경지로 펼칠 수 있다는 것 자체가 기사다. 그것만큼은 인정해 줘야 한다.

구양백은 무작위로 덮쳐오는 경력을 향해 십(十) 자로 손을 움직였다. 그 간단한 손짓에는 초절정에 이른 무인의 정수가 담겨 있었다.

융통무애의 경지란 이와 같다. 나 자신과 만물의 기가 교통하고 함께하는 것. 구양백의 손에 담긴 정수가 법륜의 백보신권을 간단하게 흩어냈다.

"소형제. 이제 삼초가 끝났으니 본 세가의 구양산수를 보여 주겠네. 두 눈 똑바로 뜨고 잘 보게."

남환신공이 끊임없이 운용되면서 구양백의 몸 주위로 아지랑이들이 피어올랐다. 남환신공이 가진 극양의 기운이 유형화되기 시작하면서 구양백의 오른손에 모여들었다.

강기. 초절정 이상의 고수만이 뿜어낼 수 있는 기의 결정체.

구양백의 강기는 불꽃이 넘실거리듯 지속적으로 흔들렸다. 강기 성강(成罡)의 과정이나 경지가 부족한 것이 결코 아니었다. 그저 구양백의 강기는 불꽃, 그 자체였다.

시뻘건 불꽃이 손에 넘실거리는 모습을 보며 법륜은 두 눈을 부릅떴다.

구양백이 가볍게, 아주 가볍게 손을 밀어냈다. 구양산수(九陽散手)의 일초 겁화수(劫火手)다. 순식간에 구양백의 손이 구방을 점하며 법륜이 빠져나갈 틈새를 모조리 매워간다.

구양세가가 자랑하는 구양산수도 소림의 무공만큼이나 강변일도의 무공이다. 강하기에 단순하다. 단순하기에 막기 쉽다는 생각은 오산이다.

쉽게 막을 수 없기에 그저 단순한 초식을 유지한다.

구양백의 손에서 생성된 강기의 불꽃에서 강기의 파편이 흩날리며 날아왔다. 법륜은 날아오는 강기의 파편을 보며 생각했다.

저건 못 막는다.

법륜은 메말라 가던 단전에 미약하게 차오르는 진기의 흐름을 느끼며 계속해서 반야신공을 움직였다. 조금씩 피어오른 진기가 법륜의 몸에 활기를 불어넣었다.

생각과 동시에 몸이 움직였다. 법륜이 이글거리는 강기를 정면으로 마주 보고 자세를 낮추었다.

다시 마주하는 두 손. 무허에게 배운 금강부동보다.

아직은 내외의 운용이 서투르기만 하고 공력도 부족하다. 그럼에도 법륜은 무허의 가르침을 믿었다.

반야신공을 극성으로 끌어내 일보에 금강(金剛), 이보에 부동(不動)이다. 움직이는 듯 움직이지 않는 법륜의 신형이 흔들리며 앞으로 전진한다.

돌파한다.

극도의 집중 속에서 법륜의 시공이 엿가락처럼 늘어졌다. 강기의 파편 하나하나가 눈에 또렷하게 들어왔다. 법륜은 눈앞에 보이는 강기의 정화를 보며 자신과 구양백의 격차를 여실히 깨달았다.

하지만 그러면 어떠한가.

지금 이 순간 법륜은 기의 정화를 두 눈으로, 온몸으로 보며 느끼고 있었다. 가장 먼저 든 생각은 촘촘하다는 것이었다.

자신의 펼치는 기공과는 전혀 다르게 그 틈새를 찔러볼 수 없을 정도로 오밀조밀하게 뭉쳐 있었다. 자신이 지닌 반야신공이 얼기설기 엮은 조잡한 그물이라면, 구양백의 강기는 그 틈을 볼 수 없는 잘 짜진 비단과 같다.

기(氣)란 본디 그런 것이다.

아는 만큼만 이해하고 느낄 수 있는 것. 언젠가 무허가 보여주었던 반야신공도 자신의 반야신공과는 천지 차이지 않았던가.

그럼에도 법륜은 저 기의 막이나 다름없는 구양백의 일수를 돌파하고자 했다. 아니, 돌파할 수 있다고 믿는 수밖에 방법이 없었다.

법륜은 강기의 파편 속으로 몸을 밀어 넣었으며 발걸음에 무거움을 더했다. 순간 신형이 아주 흐릿하게나마 좌우로 흩어지는 듯하더니 다시 합쳐지기를 반복했다.

그렇게 조금씩 법륜은 구양백이 펼쳐낸 강기의 파편들 틈으로 걸음을 옮겼다.

그때, 강기 조각 하나가 법륜의 얼굴을 스치며 피부를 찢었다. 날카로운 예기에 난 상처처럼 피부가 갈라지는 것이 아니라 아예 터져 버렸다. 무시무시한 위력이다.

손톱만 한 강기의 파편에 소림 절공인 반야신공으로 보호하고 있는 피부가 터져 나간 것이다. 팔과 다리에도 강기의 파편이 스치고 지나갔다.

법륜의 몸이 피로 물들었다. 그래도 법륜은 멈추지 않았다.

십보.

구양백의 몸에 도달하기까지 남은 걸음이다. 얼마나 더 많은 심력을 소비해야 저 앞에 도달할 수 있을까.

불가에서 말하는 찰나의 순간처럼 한순간에 법륜은 온몸에서 피가 쏟아지는 것 같은 착각에 빠졌다. 상처가 가렵고 뜨거웠다. 쓰라렸다.

'정저지와. 우물 안 개구리였구나.'

법륜은 정신을 다잡으며 계속해서 한 걸음씩 밟아나갔다.

이번이 마지막이다. 법륜은 손을 뻗었다.

반선수.

무허 사조가 보여주었던 둔경의 반선수였다. 느려진 시공에서 팔 하나, 다리 하나 움직이는 것이 힘에 겨웠다. 몸이 무거워진 것처럼 진기의 흐름도 느려졌다.

의도한 것은 아니었으나 기의 유동이 끊어져 가고 잔뜩 경직되었던 몸이 풀리자 진기의 흐름이 법륜의 몸을 안정시키고자 속도를 줄여 나간 것이다.

법륜의 몸이 구양백의 빈틈을 찾아나갔다. 둔경의 반선수라면 저 강기의 정화를 뚫고 들어갈 수 있을까?

확신이 서질 않았다.

법륜의 눈에 비친 구양백의 몸은 전혀 틈이 보이질 않았다.

흐름을 끊을 수 있을 만한 묘수가 보이질 않았다.

그래도 부딪힌다.

법륜의 손이 반야신공으로 인해 하얀색 빛으로 물들었다.

쨔앙!

구양백이 일으킨 불꽃의 강기가 반선수와 부딪혔다.

엄청난 충격이 몸을 덮쳤다. 그 고통에 비명조차 지르지 못할 정도로 강대한 위력이었다. 법륜은 날아가는 그 순간에도 정신을 붙잡으려 노력했다.

고통으로 물든 시야에 구양백이 가득 들어왔다. 비무를 지켜보는 방장과 나한들, 구양백의 손녀도 눈에 들어왔다. 법륜은 그 모두의 시선 속에서 손을 들었다. 왠지 해낼 수 있을 거라는 믿음이 생겼다.

피잉—

법륜의 손끝에서 소림의 탄지공이 펼쳐졌다. 창졸간에 쏘아낸 지법이다. 그렇게 해내려 해도 불가능했던 유형화된 지기(指氣)가 허공을 격하고 구양백에게 날아갔다.

도달하는가.

결과적으로 법륜의 마지막 일수는 성공하지 못했다. 사자는 토끼를 사냥할 때도 최선을 다한다 했던가. 법륜을 상대하는 구양백이 그랬다.

법륜은 토끼였고, 구양백은 사자였다.

수많은 격전 속에서 살아남았기에 지금에 도달할 수 있었던 구양백이다. 허를 찌르는 일격이었지만 구양백은 그마저도 옆으로 걸음을 옮기는 것으로 피해내 버렸다.

명백한 결과.

구양백의 손은 여전히 불꽃으로 넘실거렸고 법륜의 몸은 삼 장을 튕겨 나가고 나서야 멈췄다. 느려졌던 시야가 급격하게 감기며 빠르게 스쳐 지나갔다. 법륜은 정신을 붙잡으려 노력했지만 허사였다. 암전이다.

'반선수……! 비아보다 한참 윗줄이군.'

소림의 수공 중 수위를 다투는 희대의 절공. 법륜의 그 경지가 놀라웠다. 게다가 마지막에 쏘아낸 탄지공은 구양백마저 감탄하지 않았던가.

법륜이 보여주었던 대부분의 무공들은 형이 완성을 향해 나아가고 있었다. 펼쳐내던 초식과 허공을 날아가는 와중에도 쏘아낸 탄지공만 보아도 그 사실을 명백하게 알 수 있었다.

마지막에 쏘아낸 유형화된 지기(指氣). 불안정하기는 했지만 제대로 제어하지 못하던 기존의 초식과는 판이했다.

계기만 주어진다면 단숨에 절정으로 치고 올라가리라.

게다가 진신내력으로 익힌 반야신공은 어떠한가. 벌써 일류 끝자락에 달한 내력을 쌓아냈다. 소림의 특성상 영약이나 별 모세수 같은 것은 없었으리라. 그럼에도 세가의 소가주인 구양비보다 훨씬 뛰어났다.

'이게 구파와 세가의 차이인가.'

사정을 많이 봐주기는 했지만 강호에서 태양신군이라 불리는 자신과 어린 동자승의 대결이었다.

구양산수 일초 겹화수에 강기를 실었다. 과해도 너무 과했다. 소림에 와서 괜한 손해만 본 것 같았다. 구양백은 손에 강기를 휙 하고 털어냈다. 입맛이 썼다.

*　　　　*　　　　*

구양연은 허공을 날아가는 법륜을 보며 입을 떡 벌렸다. 자신보다 나이가 조금 많아 보이는 법륜이다. 세가 내에서 그 어떤 사람도 조부 앞에서 저런 당당한 모습을 보여준 적이 없었다.

게다가 옆에 서 있는 노승들과는 다르게…….

'잘생겼다.'

피를 토하며 날아가는 모습조차 멋있어 보였다. 구양연은 유협전에 나오는 영웅의 어린 시절의 모습이 법륜과 같은 모습일 거라 생각했다.

'근데 스님은 혼인 못 한다고 하던데…….'

엉뚱한 생각이 구양연의 머릿속에 가득했다.

한편.

법륜과 구양백의 비무를 지켜보던 각선과 나한들은 경악에 휩싸였다. 처음 반야신공을 전개했을 때 법륜의 의외의 성취에 놀랐다. 이어지는 초식은 나한권과 금강장. 기본공 중에 기본공이어서 절로 고개를 끄덕였다.

하나 이어시는 백보신권과 반선수, 금강부동보를 보자 입을 딱 벌렸다. 제대로 익히기만 한다면 강호의 일절로 불릴 수 있을 만한 절기들이다.

법륜은 그런 대단한 절기들을 세 개씩이나 몸에 지니고 있었다. 내기의 흐름이 불안정한 것으로 보아 아직 원숙의 경지에는 이르지 못한 것 같으나 그 경로와 운기법을 제대로 배운 것 같았다.

또 얼마나 많은 무상의 절기를 가지고 있을지 의문이었다. 법륜이 가진 것 모두에 성취를 이룬다면 법 자 배분 최고의 무승은 법륜이 될 것이 자명했다.

"방장 사형."

각선의 뒤에 서 있던 사대금강의 일인 각문이다. 사대금강의 수좌이자 소림의 각 자 배분에서 최고를 다툰다는 무승으로 강호에선 무심철곤(無心鐵棍)이라 불리는 자다.

부동심에 가까운 마음을 가진 각문이지만, 무심철곤이라는 그의 별호가 무색하게 굉장히 당황한 표정이었다.

"무허 사숙이 가르친다는 이야기는 들었습니다만… 사질의 무위는 상상을 초월하는군요. 조금만 다듬으면 소림의 신권이라 불려도 무방할 정도겠습니다."

각선은 각문의 말을 애써 무시했다. 그러곤 앞으로 걸어나갔다.

"구양 시주."

구양백은 각선의 부름에 법륜을 바라보던 고개를 돌렸다.

"방장."

"비무는 여기서 마치도록 하시지요. 오늘 소림의 제자에게 큰 가르침을 주셨습니다. 새해를 시작하는 좋은 날에 이리 좋지 않은 모습으로 마주해 송구스럽습니다. 방장실로 모시겠습니다. 사대금강은 구양 시주를 모시고 방장실에 먼저 가 있으시게. 옆에 계신 분은 손녀분이신가요? 소시주께서도 함께 가시지요."

각선은 말을 마치자마자 법륜에게 다가갔다. 구양백은 안중에도 없다는 듯이 행동한다. 연무장 바닥에 엎드려 있는 법륜의 장심에 손을 가져다 댄다.

"운기하라."

각선의 무상대능력(無相大能力)이 꿈틀거렸다. 각선의 장심에 불광이 비치듯 금기가 어렸다.

무상대능력의 금기가 법륜의 혈맥을 타고 흐르기 시작하자 법륜의 몸에 자리 잡은 반야신공이 무상대능력의 기운을 쫓아 흐르기 시작했다.

불문 내력의 최고봉이라는 무상대능력이 꿈틀거리며 반야신공의 내력을 인도했다. 도도하게 흐르는 내력이 법륜의 대맥을 훑고 지나갔다.

반야신공은 말 그대로 신공이다. 스스로 운기하기 시작한다. 각선은 법륜의 반야신공이 운기를 시작하자마자 고개를 끄덕였다. 반야신공은 소림 무상의 신공 중 하나. 이 정도는 충분히 해내리라 믿었다.

구양백은 사대금강을 따라 걸음을 옮기다 거대한 진기의 흐름이 느껴지자 흠칫했지만 고개를 돌리지 않고 묵묵하게 길을 지났다.

왼손에 따뜻함이 느껴졌다. 겁을 먹었는지 비무 내내 아무 말 없이 그저 바라보기만 했던 손녀. 그제야 구양백은 자신의 행동이 얼마나 경솔했는지 깨달았다. 무림의 명숙임을 자처하면서 구파에 와서 소란을 피웠다. 게다가 손녀까지 대동한 채로.

소란을 피운 곳이 소림이 아닌 화산이었다면 어땠을까. 화산의 엄격한 기풍은 애초에 이런 사단 자체를 용납하지 않았으리라. 반대로 사단이 있었다면 구양백은 이렇게 손녀의 손을 잡고 걸음을 옮기지 못했으리라.

구양백의 심중에 자신의 경솔함과 손녀에 대한 미안한 마음이 들어찼다.

"연아, 미안하구나."

구양연은 갑작스러운 할아버지의 사과에 어리둥절한 표정을 지었다. 어째서 사과를 하시는 것일까. 알 수 없는 사과에 그저 배시시 웃음 지을 뿐이다.

제이장(第二章)

구파(九派)

　법륜은 꿈틀거리는 반야신공을 느꼈다. 꿈을 꾸는 기분이
다. 분명 눈을 감았을 것이 분명한데 처음 보는 장면들이 휙
휙 지나갔다.

　주마등이란 것인지.

　아니다. 이것은 기억이다. 빠르게 멀어지는 들판. 강을 건너
고 숲을 뛰어 넘었다. 산에 오르고 다시 내려오기를 반복한
다.

　기억하기 이전의 어린 시절일까. 기억이 존재할 때부터 소림
에 있었으니 아마 소림에 오르기 이전의 기억일 것이다.

장면이 또 바뀌었다.

한 남자의 얼굴이 보였다. 잘생기고 젊은 얼굴이지만 무척 고단한 하루를 보낸 것 같은 얼굴이다. 사내의 얼굴이 위로 올려다 보이는 것을 보니 아마 자신은 사내의 품에 안겨 있는 모양이다.

누구일까.

기억에 존재하지 않는 부모라는 사람일까.

소림에서 자란 법륜으로선 단 한 번도 생각해 본 적 없던 단어. 그런 법륜에게 가족이란 무공을 가르쳐 주는 무허 사조가 전부였다.

꿈결 같은 기억 속에서 법륜은 묘한 위화감을 느낀다.

소림으로 오기 전 자신은 어디에서 왔을까. 누구의 아들이 었으며, 어디에 살았는지, 형제는 있는지 그 어떤 것도 확실히 아는 것이 없었다.

너무 당연하게 여겼는지도 모른다.

소림이라는 울타리 안에서 사는 것에 너무 익숙해 알고 싶지 않았는지도 몰랐다.

장면은 또 바뀌었다. 자신은 여전히 사내의 품에 안겨 있었 다. 이번에는 다른 사람이다. 공통점이라면 그 역시 무척 피로 해 보이는 얼굴이라는 것뿐.

그런데 선혈이 낭자한 얼굴이다. 소림에서 자란 법륜은 그런 몰골의 사내를 본 적도 들은 적도 없었다. 몸이 계속해서 덜컥거리는 것으로 보아 체력적 한계에 도달한 모양이다.

"……!"

무언가 외치는 소리가 들리자마자 사내의 움직임이 멎었다. 그저 꿈처럼 흘러가는 기억임에도 사내의 긴장감이 법륜의 전신을 엄습했다.

대체 무엇 때문에?

무슨 일이기에 이리도 필사적일까. 법륜은 본능적으로 그것이 자신 때문임을 알았다. 그것을 알면서도 법륜은 거부감에 몸서리쳤다.

사내의 몸이 갑자기 멈췄다. 급격하게 기울어 땅으로 향하는 몸이다. 그리고 법륜의 눈에 보인 것은.

승려였다.

벌떡.

법륜은 주마등처럼 지나가는 기억을 뒤로한 채 깨어났다. 눈을 뜨자마자 어렴풋이 보았던 기억보다 몸에 난 상처가 더 큰 자극을 주는 것 같았다. 처음 입어보는 상처였다. 누군가 상처를 돌보았는지 하얀 붕대가 몸 여기저기에 감겨 있었다.

쓰라렸다.

본신 무공에 꽤 자신감을 가지고 있던 법륜이다. 하늘 높은 줄 몰랐던 게다.

쓰라린 상처를 움켜쥐고 법륜은 밖으로 나왔다. 구양백이 사정을 봐주었는지 피륙의 상처뿐이었지만 정말로 대단하다는 생각만 들었다.

어린 자신에게 강기까지 꺼내 든 구양백이다. 그 심성에는 악독함보다 그저 법륜이 앞으로 걸어갈 길을 보여주었다는 느낌이 강렬하게 들었다. 전혀 나쁜 느낌은 아니었다.

구양백을 상대했던 것이 무허 사조였다면 어땠을까. 아마 자신처럼 이렇게 속절없이 침상에 누워 있지는 않았을 것이다.

나이가 어리니 패해도 괜찮다?

아니다. 법륜은 단호하게 아니라고 생각했다. 무인에게 패배는 죽음뿐이다. 비록 구양백이 강기를 꺼내 들었지만 이렇게 허무하게 패해서는 안 됐다.

구파의 제자.

소림의 제자.

소림의 제자라면 구양백에 맞서 이기지 못하더라도 정신을 잃고 쓰러져서는 안 됐다. 이것은 소림의 기풍(氣風) 문제가 아니다. 구파와 세가의 문제도 아니다.

천하공부출소림(天下工夫出少林).

소림의 무공은 천하제일이다. 중원 무학의 출발점이다. 무공을 연마한 시간이 다르다지만 손도 못 써보고 졌다. 법륜은 육신의 상처보다 자존심에 입은 상처가 더 크게 다가왔다.

'다시는 지지 않아.'

마음을 다잡는 법륜이다. 절치부심이라. 패배는 패배. 포기하지 않고 승리를 쟁취하리라.

법륜이 그렇게 비무를 복기하고 있을 때.

"몸은 좀 괜찮은가, 소형제?"

구양백이다. 한 손에 손녀의 고사리 같은 손을 붙잡은 채저 멀리서 걸어오는 것이 보였다. 오해에서 시작된 비무였다지만 그래도 법륜에게는 생사를 건 다툼이나 다름없었다.

지도 비무임에도 법륜은 상처를 입었다.

정마지간이라 했던가. 확실히 정도의 무인이라기엔 과한 손속이었다. 정도(正道)를 걷는 무인의 비무란 부족함을 알게 해스스로 물러나게 하는 것이다.

하나 저 정도의 무인에게 정마지간이라는 딱지는 말 그대로 딱지일 뿐이다.

무공을 겨룸에 있어 도(道)가 중요하던가.

구양백이나 법륜, 나아게 이 강호에 칼 찬 무사 모두가 그렇다. 모두 날카로운 칼 위에서 위태로운 걸음을 옮기는 것이나다름없다.

그에 법륜은 미소를 지을 수밖에 없었다. 전부는 아니더라도 구양백의 마음이 조금은 느껴졌기에.

"내 손속이 조금 과했네. 소형제의 기도가 너무 출중하여 조금 매섭게 대했으니 이해해 주시게."

구양백은 사람 좋아 보이는 미소를 지었다. 그 모습이 마치 동네 인자한 할아버지를 보는 듯했다. 그 모습에서 불현듯 꿈결처럼 보았던 사내를 떠올린 것은 우연이었을까. 알 수 없는 기시감에 법륜은 그저 합장하며 미소로 화답했다.

"스님. 스님은 괜찮아요? 피가 막 났잖아요."

"괜찮습니다, 시주. 본사에 객으로 찾아와주셨는데 제가 부족하여 큰 결례를 범했습니다."

"아니에요! 저는 정말 좋았어요! 본래 탑림은 아무나 들어갈 수 없다면서요? 스님 할아버지랑 탑림도 구경하고 비림도 구경했어요. 진짜진짜 멋있었어요!"

어린 소녀의 재잘거림이 법륜의 마음속에 미안함을 슬그머니 불어넣었다. 비무와는 무관하게 소녀에게 미안한 마음이 들었다. 오해였다지만 어리고 순진한 아이의 조부에게 험악한 모습을 보였다.

게다가 구양백에게 법륜의 기준으로 거침없는 강수를 펼쳐 냈다. 절로 고개가 숙여졌다. 그럼에도 소녀의 재잘거림은 끝이 없었다.

무엇이 그리 즐거운지.

고개를 들어 소녀의 얼굴을 바라보던 법륜은 끊어질 것 같지 않은 인연을 감지해 냈다. 무상의 신공인 반야신공이 가져다주는 예감일까. 오감을 뛰어넘는 육감이 법륜의 마음을 거침없이 흔들었다. 그렇게 사단은 새로운 인연의 바람을 법륜에게 전달하고 떠나갔다.

*　　　　*　　　　*

시간은 빠르고 빠르게 흘러갔다. 법륜의 나이 이십 세. 태양신군 구양백과의 비무를 벌인 지 벌써 몇 년. 그리고 무허사조의 얼굴을 보지 못한 지도 일 년이 지났다.

그동안 법륜은 끊임없이 구양백과의 비무를 상기하며 무의 연련을 이어갔다. 법륜의 연무에는 무상의 신공들이 함께했다. 반야신공, 백보신권, 반선수, 금강부동보까지.

하지만 법륜이 그간 주력한 것은 소림의 무상 신공이 아닌 칠십이종절예였다.

소림 칠십이종절예.

소림의 대표격인 무공들이다. 강호에 그 형과 구결이 하나라도 풀린다면 혈풍을 불러올 만한 무공들. 그만큼 칠십이종절예는 강호 일절로 부르기에 부족함이 없다.

그럼에도 소림에서 칠십이종절예와 무상의 신공들을 분리해 가르치는 이유는 간단했다. 재능의 고저를 가르는 것이다.

칠십이종절예를 연성해 낼 수 있는 제자라면 무상의 절기를 가르친다. 그렇지 못하다면 칠십이종절예까지만 가르친다.

한 가지 이유가 더 있다. 소림의 무상 신공이란 말 그대로 불법의 총화나 다름없는 것이다. 소림이 사찰인 이상 불법에 정진하고 도를 구해야 하는 것이 먼저다.

그래서 소림은 재능이 있어도 불법에 매진해 깨달음이 어느 정도 수준에 이르지 못하면 무상의 신공을 전수하지 않는다.

그런 점에서 법륜의 경우는 매우 특이했다. 약관의 어린 나이에 불법에 대한 깨달음은 그리 높지 않다. 그저 무허가 앞뒤 재지 않고 가르친 것이다.

불법이 경지에 이르지 못했음에도 법륜의 성정은 모나지 않았고, 언제나 정대함을 가르쳐 왔기에 무허가 내린 조치였다.

그런 법륜이 무상의 신공들을 사조인 무허에게 배우고 있으면서도 칠십이종절예를 손에서 놓지 않는 이유도 마찬가지다.

한 계단, 한 계단 기본에 충실하고자 함이다.

기본에 충실하다 보면 어느새 그 발 앞에 무한한 무도의 길이 열린다. 소림이, 나아가 구파가 무서운 이유가 여기에 있다.

오랜 시간 쌓아온 무의 깊이가 무공이라는 긴 여정의 이정표가 되어 뒷사람을 이끈다. 두드리다 보면 열릴 것이라는 강한 믿음이 바탕이 되었다.

무의 단련. 법륜이 그렇게 무공의 수련에 심취해 계절을 잊어갔을 무렵, 산의 나무들이 푸른 잎을 벗어내고 앙상한 가지를 드러낸 겨울이 되어서야 무허가 산으로 돌아왔다.

오랜만에 돌아온 불법의 성지이건만 무허의 표정은 결코 좋지 않았다.

"이번에 노구를 이끌고 강호에 나간 이유는 다름이 아니다. 사마의 무리가 온 강호에 활개치고 있더구나."

"사마의 무리라고 하시면……."

"마도십천. 중원에 새로운 태양인 대명제국이 들어선 지 일년. 새로운 황조가 세워지기 이전에 황상께서는 백련의 무리를 이끌었다. 달리 명교라 불렸으며 현재는 마교로 규정지어져 배척받고 있는 것이 당금의 상황이다."

"고요함이 일상인 산사의 삶이라지만 저도 들은 바가 있습니다. 명교라 하셨지요. 당금의 황상을 따르던 무리라고 하던데 어째서 그들이 마도의 무리가 된 것입니까?"

"권력욕이란 본디 그런 것이다. 부모와도, 형제와도 나눌 수 없는 것이 권력이다. 황상이 지금의 위치에 이르기까지 명교의 힘이 작용하지 않은 곳이 없다. 그대로 쳐내야 하는 것이 황상의 입장에서는 옳은 판단이겠지. 그렇다고 해도… 그 와중에 억울하게 마교도로 오인받아 스러져 갈 민초들의 삶이

기구하구나. 그 일을 어찌해야 할까."

법륜, 약관의 나이. 자신만의 주관을 확실히, 차분하게 정립해 가는 나이다. 옳은 것은 옳다고 말할 수 있는 신념이 그의 가슴속에 가득했다.

"저로서는 이해할 수 없는 일입니다. 황상께서 그들 모두를 포용할 수는 없는 것입니까? 이미 절대의 권력을 가지신 분인데 어찌 그리도 가혹하게 구신단 말입니까."

"명교의 뿌리는 열 개의 가지로 갈라졌다. 정도의 하늘 아래 마도가 설 자리가 없는바, 그들에게는 뒤가 없다. 마도십천 중 독자적으로 갈라져 나와 무파(武派)를 표방한 무리도 있다. 그들은 스스로가 칼을 들었으니 여지가 없다만, 그대로 민초들을 품은 곳도 있다. 그들도 살아야 했기에 한 선택이겠지만 너무 많은 피가 흐르겠구나. 아미타불."

무허는 이제 장성해 스스로의 의견을 피력해 나가는 법륜을 보면서 짙은 부정을 느꼈다. 수행을 하는 불제자의 입장에서 인연이란 한낱 꿈과 같이 가벼운 것일진저.

그럼에도 무허는 이 깊은 인연이 주는 오묘한 감정이 싫지 않았다. 오히려 불도의 진리 아래 인간으로서 가져야 할 마음가짐을 하나씩 배우는 지금, 그의 정신은 한없이 부처에 가까워지고 있었다.

"왜 그리 야박하게 구는지 물었지? 그것은 네가 세상을 조금 더 배우고 난다면 자연히 알 게 될 일들이다. 그보다 이미 벌어진 현실. 소림은, 그리고 구파는 선택해야만 한다. 황상의 편에 서 마도십천이라는 무리에게 칼을 들이댈지, 아니면 민초의 편에 서 황상에게 대항할 것인지. 그를 위한 맹회가 열릴 것이야. 앞으로 많은 것이 변할 것이다."

그리고 얼마간의 시간이 흘렀을까. 무허가 산을 내려간 지 일 년. 무허는 싸늘한 주검이 되어 산의 품으로 돌아왔다. 법륜의 나이 이십일 세의 일이었다.

법륜은 달려 나갔다. 반야신공이 절로 일어나 법륜의 몸에 힘을 가득 불어넣었다. 그렇게 달리기를 일각. 소림의 산문은 예상 외로 고요했다. 그 고요함에 법륜의 마음은 되려 차분하게 가라앉았다. 일말의 희망일까. 저리 고요한 것을 보면 아무 일이 없을지도 모른다. 그런 희망을 품었다.

하지만 현실은 잔혹했다.

무허는 법륜에게 부모나 마찬가지였다. 아버지였고, 가족이었다. 그런 사람이 죽었다. 어찌 이리 조용할 수 있나. 적어도 각문처럼 한줄기 눈물로 위로라도 해야 하는 법이다. 그 고요함에 분노를 터뜨리려는 순간 법륜은 보고야 말았다. 산문 앞, 녹옥불장을 들고 선 각선의 얼굴이, 그 두 눈빛이 얼마나 괴롭고 슬픈지를.

환란의 시기였다. 각선의 얼굴에는 그 환란의 어지러움만큼

잔주름이 패여 있었다. 얕게 패인 주름 속에서 언제나 인자한 미소를 짓고 있던 각선이다.

그 미소 속에서 그가 어떤 생각을 하는지, 무슨 의도를 갖고 있는지 알 수 없었던 법륜이지만 지금 이 순간만큼은 그 누구보다 각선의 감정을 깊고 정확하게 읽어냈다.

고요한 분노.

법륜이 각선의 얼굴에서 읽어낸 감정은 고요한 분노였다.

'슬퍼하시는가……'

"제자 법륜, 왔는가."

각선의 낮게 깔린 목소리에 법륜은 저도 모르게 고개를 휙 돌렸다. 눈에 보여서는 안 될 것이 보였다. 급했는지 조잡하게 짜여진 나무 관. 법륜은 주춤주춤 관 앞으로 다가섰다.

"무허… 사조……."

조심스레 관을 매만지다 관 뚜껑을 연 법륜은 부릅뜬 무허의 두 눈을 보자마자 오열을 터뜨렸다.

"으허헝, 사조!!!"

두 눈에 흐르는 눈물을 닦아낼 세도 없이 법륜은 무허의 얼굴을 끌어안고 더 서럽고 서럽게 오열할 뿐이다. 애재(哀哉)라.

그 모습을 지켜보던 모든 소림의 승려들은 고개를 숙이고 말았다. 저처럼 목 놓아 울부짖을 수 없음에 더 큰 슬픔을 느끼면서.

그날 법륜의 곡소리가 산 깊숙이 울려 퍼졌고, 법륜은 얼마 가지 않아 실신해 버렸다.

심화가 너무 큰 탓이다. 무허가 세상을 떠난다면 그저 시간이 흘러 고요하게 고승다운 풍모로 가부좌를 튼 채 눈을 감은 모습밖에 상상할 수 없었던 법륜이다. 그런데도 저렇게 고통스러운 눈동자라니.

법륜의 의식과 무의식이 교차하며 몸이 붕 뜨는 듯한 느낌을 받았다. 아련하게 불경을 외는 소리가 들려왔다.

"삼귀의례(三歸依例)!"

불(佛)과 법(法), 승(僧)에 귀의한다는 의식이 시작되었다.

목숨을 바쳐 불법에 귀의해 부처께 바친다는 가르침이 산사에 널리 울려 퍼졌다.

윤회(輪廻)의 가르침을 믿는 불법 아래에서 무허는 내새에 연꽃으로 피어나리라. 그렇게 무허의 다비가 끝나고 그의 몸에선 여덟 개의 사리가 나왔다. 그때까지 법륜은 깨어나지 못했다.

        *   *   *

"기련마신 정고. 마도십천(魔道十天) 중 기련마군을 이끄는 자로 알려져 있습니다. 본디 당금의 황상 아래에서 큰 두각을 나타내지 못했던… 자라고 하더군요. 한데… 무허 사숙의 몸을 보시면 알겠지만 외부에 상처가 하나도 없습니다."

"그 말은?"

"외부는 건드리지 않고 내부만 터뜨렸다는 말입니다. 엄청난 기공이고 내력입니다. 일반인도 아닌 무허 사숙의 몸에… 그 정도의 상처를 입힐 수 있다니……."

제약원의 원주 각연은 더 이상 말을 잇지 못했다.

"게다가… 무허 사숙의 관을 지고 온 아미 청연신니의 제자의 말에 따르면, 무허 사숙께서는 복수 같은 것은 꿈도 꾸지 말라 이르셨답니다."

각선은 그 말을 듣고 침음을 흘렸다. 자오대승이라 불리던 무허 사숙을 패퇴시킨 정고라는 자가 도대체 어디에서 튀어나온 것인지 알 수가 없었다.

황상의 대군에서도 두각을 나타내지 못했다는 자가 어찌 사숙을 열반에 이르게 할 수 있단 말인가. 열반에 든 무허의 무위를 마지막으로 견식했던 때가 언제이던가. 벌써 십수 년 전이다.

그때 막 배우기 시작했다지만 소림 제일의 신공이라는 무상대능력으로도 털끝 하나 건드리지 못했던 사숙이 아닌가. 소림에서 절대라는 말이 가장 어울리는 고수가 아닌가.

"기련마신라는 자의 무위가 그 정도라는 말은 마도십천의 주구 대부분이 그와 같은 무위라고 보면 된다는 말이로군. 맹회에서 달리 전한 말은 없는가."

"경거망동하지 말라는 말뿐이었습니다."

"무허 사숙 이후 맹회의 회주는 누가 맡았는가. 무당인가?"

"예. 무당의 검선(劍仙)께서 맡으셨다고 합니다."

"그래, 그랬단 말이지. 법륜의 상세는 어떠한가?"

각선의 물음에 각연은 눈을 감고 답했다.

"법륜의 상태는 나쁘지 않습니다. 육신의 문제가 아니니까요. 때가 되면 절로 일어날 겁니다. 본사에서 유일하게 정을 주었던 분이 그리 떠나셨으니 마음이 아픈 것은 어찌할 수 없겠지요."

"상세를 좀 보고 싶군."

각연은 각선의 청에 법륜이 있는 곳으로 안내했다. 법륜은 제약원의 침상에 누워 아직까지 정신을 차리지 못하고 있었다.

법륜의 장심에 조용히 손을 가져다 댄 각선.

그동안 막아왔던 무상대능력의 기운이 뿜어져 나왔다. 그 기파가 사위를 잠식하고 법륜의 몸에 내력을 주입하기 시작했다.

우웅—

"이제 그만 일어나거라."

"으음……."

각선은 법륜의 신음성에 무상대능력의 기운을 거두어냈다. 심신의 타격을 받은 제자에게 강제로 기운을 주입해 정신을 차리게 만드는 것에 거부감이 들었으나 상황이 그리 좋지 않았다.

기련마신의 무위도, 다른 마도십천의 주구도 어느 하나 쉬운 것이 없었다. 제자 하나에게 이렇게 신경을 쓰는 것도 방장으로서 굉장히 이례적인 일이다. 상황이 심상치 않았다. 무엇이 되었든 하나라도 마무리를 지어놔야 했다.

"사문의 큰 어르신이 열반에 들었다. 또한 사숙의 아래에서 배운 아이도 이렇게 누워만 있구나. 그럼에도 지금 당장 아무것도 할 수 있는 일이 없다. 회합을 소집하겠다. 팔파와 개방에 서신을 전하라."

각선의 말 한 마디, 한 마디가 무겁게 다가왔다. 그 무거움은 각연의 가슴 한편에 커다란 돌덩이를 얹어놓고 나서야 끝이 났다.

*   *   *

법륜은 무허의 다비가 끝나고 나서도 대부분의 일상을 명하니 보냈다. 평소라면 무공에 매달려 있을 시간에도 그저 방 안에서 조용하게 보내는 것이 다였다.

받아들일 수가 없었다. 아니, 법륜에게는 무허의 죽음이란 사실을 받아들일 시간 그 자체가 필요했는지도 모른다.

법륜의 두문불출과 무관하게 세상은 빠르게 돌아갔다. 구 파의 장문인을 위시한 무인들이 불도의 성지, 숭산으로 모여 들었다.

구파의 회합은 조용하게 이루어졌다. 구파의 회합에 응한 곳은 소림과 비교적 근거리에 있는 호북의 남존무당, 섬서의 매화검파 화산, 천하고절 종남 이렇게 세 곳뿐이었다.

과거 소림의 성세가 하늘을 덮었을 때는 아무리 촉박해도, 아무리 먼 거리여도 전령이라도 보내던 팔파가 아니던가. 무 허의 죽음으로 소림의 위세가 바닥에 떨어졌다는 사실을 각 선은 인정했다.

"어려운 상황에서도 본 소림의 회합 요청에 응해주서서 감 사드리오. 모두 구면이니 인사치레는 생략하겠소. 양해 부탁 드리오."

"물론이외다. 상황이 그리 좋지 않소."

포문을 연 것은 무당의 장로 청허(青許) 진인이었다.

"상황이 생각했던 것보다 나쁘오. 아니, 심각한 수준이라고 할 수 있소. 마도십천이라. 그저 세상천지 분간 못 하고 설치는 마졸(魔卒)인 줄 알았는데 그것이 아니었소이다. 곤륜(崑崙)의 검절(劍絶)도 정고라는 자와의 생사결에서 패사했다 하니 가벼이 볼 일이 아니란 말이외다. 나머지 오파는 대체 무슨 생각인지. 무량수불."

청허 진인이 말을 마치자마자 주변에서 탄식이 터져 나왔다. 곤륜의 검절이 누구던가. 무허와 같이 구존에 이름을 올린 강력한 무인이 아니던가.

가볍게 생각할 수 없는 일이다.

검절이 펼치는 운룡대팔식(雲龍大八識)과 태청검법(太淸劍法)은 이 자리에 앉아 있는 모두가 인정하는 일절이었다.

"맞소이다. 빈도 또한 패천마도(敗天魔刀)라는 자와 겨루어 봤으나 역부족이었소. 부끄럽지만 본산에 검신(劍神)께서 나서지 않으셨다면 목숨을 부지하기 어려웠을 게요. 마도십천. 절대로 가벼이 다룰 사안이 아니오."

화산의 명옥(明玉) 진인이다. 구존(九尊)에는 이르지 못했으나 매화고검(梅花高劍)이라 불릴 정도로 그의 무위 또한 대단한 것이었다.

본디 구파의 구존이란 이름은 구파의 위명을 대신하는 무인에게 주어지는 것이 대부분이니까. 명옥 진인 또한 초절정에 이른 고수다. 초절정에 오른 그가 그렇게 보았다면 그런 것이다.

그때까지 침묵하던 종남의 광무(光武) 진인이 입을 열었다.

"마도십천의 주구가 천하 각지로 뻗어나갔소. 세간에서는 벌써 그들을 한데 묶어 십대마존(十大魔尊)이라 부른다더이다. 이는 경시할 수 없는 일이 분명하겠지요. 우리는 그들의 무위에 대해 토론할 것이 아니라 대책을 세워야 하오. 그 점을 분명히 합시다."

"물론이외다. 광무 진인께서 고견이 있다면 들려주시지요."

"산에 오르기 전에 한 사내를 보았지요. 그의 복색을 보니 도사가 분명한지라 눈여겨보지 않을 수 없었소이다. 소매에 태극. 무당파의 진인이 확실했지요. 강호에서 소매에 태극을 그릴 수 있는 곳은 오직 무당뿐일 테니까요. 그렇지 않습니까, 청허 진인?"

'능구렁이 같은.'

청허자는 종남의 광무가 하는 말끝에 가시가 돋친 것을 느꼈다. 분명 '그'를 이야기하는 것일 터.

숭산의 초입까지는 함께했으나 어느새 사라져 버린 무당의 괴물. 구경을 하러 간다더니 각 파를 기웃거렸던 모양이다.

'그'는 지금 어디에 있을까. 곤란하다. 소림에서 소란을 피우면 좋지 않을 텐데. 조용히 눈을 감는 청허자다.

"그는… 무당의 제자이되 제자가 아닌 자요. 검선께 사사했으나 이미 무당을 벗어난 자. 이번 회합에 관심을 보이기에 데

려왔으나 그에게선 아무것도 얻을 수 없을 게요."

"아니, 무당의 제자이면 제자인 것이지 어찌 그리 말씀을 하시오. 검선께 사사했다니 전도유망한 무인이 분명한데, 어찌 지엄한 문규를 가진 무당이 그런 말씀을."

청허자는 계속해서 '그'에 대해 물고 늘어지는 광무자를 조용히 바라보았다. 불편한 침묵이 계속되자 각선은 주의를 환기시켰다.

"자자, 광무 진인께서 궁금한 것에 대해서는 나중에 논의해도 늦지 않소. 지금은 저 마도의 무리에 집중합시다."

이야기에 빠져드는 정도의 기둥이다. 이들의 결정 아래 세상은 또 한 차례 많은 것이 변하리라. 그 향방이 어찌 될지는 이야기가 끝나야만 알 수 있을 것이다.

*   *   *

그 시각.

법륜은 혼미해져 가는 정신을 차리기 위해 노력했다. 사조 무허가 세상을 등진 지 한 달의 시간이 지났지만, 아직도 믿기 힘든 일이었다. 그만큼 무허에 대한 애정이 깊었던 법륜이다.

그럼에도 사문인 소림은 아무런 조치를 취하지 않은 채 침묵한다. 몇 번이고 방장인 각선을 찾아가려고 했던 법륜이지만 사조가 남겼다는 유언이 마음에 걸렸다. 사조의 마지막 말씀을 어기면서 행동하기에 법륜이 무허를 생각하는 마음이 너무 컸다.

복수행.

무허가 복수행을 금지한 이유는 다른 것이 아닐 것이다. 기련신마 정고의 무위가 무허를 뛰어넘기에, 헛된 죽음을 원치 않기에 그런 유언을 남겼으리라.

법륜이 무허의 유지를 지키고자 한다면 그저 잊으면 된다. 하지만 법륜의 성정상 그것은 불가능한 일이다. 어찌 그리 쉽게 잊을 수 있을까. 자신이 받은 것 모두가 무허에게서 비롯되는데.

"이제 어찌해야 하는가."

기련마신이라고 했던가. 그 무가 하늘에 닿았던 자오대승조차 패퇴시킨 무인. 스승이었던, 아버지 같던 이가 흙으로 돌아갔음에도 법륜은 할 수 있는 일이 없었다. 그저 무력감에 허우적거리는 것이 전부였다.

사문은 복수를 포기한 듯 보였다. 아니, 정말로 포기했을까? 구파의 자존심은 하늘을 찌르는 바. 천고의 무인이었던 무허의 죽음은 분명 구파에게 절대적 위기감으로 다가왔으리라.

죽음에 이른 무허가 복수를 포기하라는 명을 내렸다고 했지만 구파는 절대 그대로 물러설 집단이 아니다. 구파라는 명성과 가치를 보존하기 위해 무엇이든 할 수 있는 문파. 그게 구파다. 구파가 자존심을 지킬 수 있는 방법은 하나뿐이다.

무공의 단련.

무력이 모자라면 채우면 된다. 아주 간단한 이치다. 아마 구파는 법륜과 비슷한 생각을 할 것이다. 군자는 복수를 위해 십 년을 칼을 갈며 기다린다고 하던가. 천하 명산에 자리해 산의 정기와 강인한 기상을 닮은 구파의 무인들은, 무의 구도자들은 십 년이 아니라 그보다 더한 세월을 기다리며 칼을 연마할 것이다.

법륜의 기상도 이와 같다.

천하를 오시할 수 있는 무공을 쌓으면 된다. 구파라는 이름에서 벗어나 저 높은 구름 위에서 천하를 굽어볼 수 있으면 된다. 법륜은 마음을 달리 먹었다.

곡기를 끊은 지 한 달. 절정에 이른 반야신공이 기갈로 인한 탈진을 막아주고 있지만 이미 체력이 한계에 도달했다. 곡기를 끊은 만큼 법륜의 모습은 앙상했다.

무예로 단련된 탄탄했던 몸이 해골에 가죽을 덮어놓은 듯 기괴한 모습으로 변모하는 것은 순식간이었다. 기련마신을 따라잡으려면 우선 망가진 몸부터 되돌려야 한다.

무를 단련한다. 쉽지만 쉽지 않은 일이다. 무상의 신공을 배우는 것도 어렵지만 그 신공을 바탕으로 무허 이상의 무위를 이루어내는 것은 더 어렵다.

법륜은 처음으로 무허를 스승이 아닌 경쟁 상대로 생각했다. 얼마의 시간이 걸릴지 알 수 없는 일. 지금의 법륜에게는 시간을 뛰어넘을 수 있는 무언가가 필요했다.

무상의 신공이 필요한가?

아니다.

신공은 이미 차고 넘친다. 소림의 정수가 법륜의 몸에 함께한다. 그렇다면 필요한 것은 무엇일까. 법륜은 그것이 단시간에 세월의 흐름을 뛰어넘을 수 있게 하는 것이라 판단했다. 그 어느 때보다 파격이 필요했다.

"재미있는 얼굴이로군. 이게 사람의 몰골인지, 해골인지 모르겠다."

법륜은 갑작스레 들려오는 음성에 깜짝 놀랐다. 스스로를 책망했다.

소림 본산이니 무슨 일이 있겠냐만은 스스로가 무인이라 생각했다면 주변의 경계를 게을리하지 않았어야 했다.

만전의 상태를 유지해야 하는 것이 당연한 이치. 한 달간 무인으로서 몸 상태도 돌보지 않고 자신을 망가뜨렸다. 무인으로선 실격인 셈이다.

"누구시오."

눈앞에 선 남자는 도복을 입고 있었다. 소매에 태극. 태극이라면 남존뿐이다. 무당의 태극. 강호에서 오로지 무당에게만 허락된 표식이다. 그런데 기존에 알던 태극과는 조금 달랐다.

역리(易理).

역태극이다. 무당에 저런 도복이 있던가.

"나는… 아니, 빈도는인가? 빈도는 청인(靑人)이라고 하지. 무당파의 도사다."

"무당……?"

"그래, 무당. 들어본 적이 없나? 머리가 없는 것을 보니 소림의 중인 듯한데."

그 말에 웃음이 난 법륜이다. 그가 누구인지는 모르겠으나 스스로를 무당이라 칭한다. 청인이라 불리는 이 도사는 도사답지 않았다. 일견 무례한 듯 보이나 무례해 보이지 않는다.

그저 자신처럼 많은 사람들 속에서 자라지 못해 사람을 대하는 방법에 익숙하지 못한 듯 보였다. 왠지 모를 동질감이 느껴졌다.

"물론. 들어본 적이 있소."

"웃지 마라. 살이 하나도 없어 이상하다. 징그러우니."

"미안하게 되었소. 청인 진인이라 하셨지요. 이곳에는 어찌 발걸음을 하셨습니까?"

"사부에게 들은 적이 있다. 소림에 나와 비슷한 자가 있다고. 그래서 찾으러 다녔는데 아무래도 그게 너인 것 같군. 아니, 나는 확신이 섰다. 지금. 무허 대사에게 배웠지?"

"잠깐. 비슷한 사람이라니. 그게 무슨 말이오?"

"어… 그건 내가 대답하기 조금 곤란하군. 다시 묻지. 무허 대사에게 배웠나?"

"그렇소. 자오대승이라 불리시는 분, 그분께 사사했소. 그것보다 비슷하다니 그게 무슨 뜻인지?"

청인은 조금 곤란한 표정을 지었다. 법륜의 궁금증을 풀어주기 위해선 자신의 출신 내력 또한 밝혀야 하기 때문이다.

자신이야 이미 정도(正道)를 벗어났으니 상관없으나 눈앞에 승려는 그렇지 않다.

섣불리 대답했다간 소림과 무당의 관계에 금이 갈지도 모른다. 짧은 식견으로 확신할 수는 없지만 청인은 그렇게 생각했다.

"그건 방장에게 물어라. 뭐, 무허 대사에게 배웠다기에 견식이나 해보려 들렀다. 나는 검선이란 분에게 사사했지. 구파에 흘러 들어온 어린아이. 구존에게 직접 사사한 제자. 흥미롭지 않은가. 하나, 상세가 이래서야 확인할 수도 없겠군. 하지만 그 안에 흐르는 내력, 가히 보통이 아니다. 소림의 신공이겠지? 그렇다면 무를 겨루는 대신에 이걸 보여주마."

청인은 암자 옆 커다란 바위에 다가서 그 위에 손을 올렸
다. 맥동하는 진기다. 넘실거리는 기파가 청인의 몸에서 뿜어
져 나왔다. 일수에 모이는 거대한 진기다.

"멸옥장(滅玉葬)이다. 십단금(十斷金)이라 불리던 무공을 바탕
으로 만들었지. 이걸 막을 수 있을 것 같으면 무당으로 찾아
오라. 나는 무당의 흑무(黑舞)다. 다시 보자."

푸스스스.

가루로 흩날리는 바위다. 바위를 깨뜨리는 것은 쉽다. 일류
의 경지에만 올라도 쉽게 부술 수 있다. 하지만 저걸 부수었
다고 말할 수 있을까. 저 커다란 바위를 일수에 가루로 만들
려면 얼마만큼의 내력이 필요할까. 멸옥장이라니. 스스로 무
공을 창안했다 하니 저 사내는 스스로 종사의 위치에 올랐다
말하는 것인지.

바람과도 같다.

홀연히 나타났다 홀연히 사라지는 사내다. 무당의 흑무라.
그는 어떤 운명을 지녔기에 자신과 같다 말하는가. 아직 자신
의 천명조차 제대로 깨닫지 못한 법륜이기에 그저 흑무라고
스스로를 지칭한 사내에게 묻고 싶었다.

그것을 확인하려면 이제는 일어서야 한다. 소림의 젊은 용
이 다시 기지개를 켜기 시작했다.

＊　　　　　＊　　　　　＊

법륜은 몸을 추스르는 데 주력했다. 끊었던 곡기를 다시 입에 대었고 고갈되었던 진기가 다시 맥동하기 시작했다. 몸을 되살리는 데 주력한 시간이다. 하지만 정기신의 조화가 무너진 법륜의 신체는 완벽하게 회복되지 못했다.

"칠 할인가……."

해골 같았던 몸에 살이 다시 차오르기 시작했고 오밀조밀한 근육이 다시 들어서기 시작했다. 보름간 신체를 많이 수복해 냈지만 아직 부족한 감이 있었다. 오히려 짧은 기간에 칠 할이나 몸을 회복한 것이 기사다.

가장 큰 문제는 진기의 흐름에 파탄이 생겼다는 것이다. 이것을 파탄이라 부르기에 적합할까. 법륜이 진기를 회복해 가는 과정은 아주 간단했다.

끊임없이 반야신공을 운기한다.

그저 비워졌던 단전을 다시 채우면 그만이라고 생각했던 법륜이었다. 부족하지만 배운 것을 완벽하게 익혀냈다고 생각했던 법륜이기에 짧은 시간 내에 몸을 회복하고 진기를 되살릴 수 있다고 믿었던 것이 화근이다.

되살아난 진기가 혈맥을 따라 흐르기 시작하자 진기의 운공로에 여기저기 구멍이 보이기 시작했다.

잘못된 흐름은 아니다. 하지만 진기가 빠르게 흘러야 할 곳에서 제 속도를 찾지 못했고, 강하게 밀어내야 할 혈맥에서는 힘이 부족했다.

신공이라 불리는 반야신공이 부족한 것이 아니었다. 법륜이 '완벽'이라고 생각했던 신공의 운용이 부족해서 생긴 문제다.

절정지경.

강호에 내놓아도 능히 고수로 대접받을 수 있는 법륜이다. 때문에 법륜은 자신이 익혀낸 반야신공이 완벽한 운공의 묘를 살리고 있었다고 착각했다. 절정지경에 오른 고수의 시야. 하지만 가진 것을 모두 내려놓았을 때 법륜은 새로운 길을 발견했다.

완전한 공(空). 모든 것이 비워지자 새로운 길이 들어났다. 가득 차 있기에 몰랐던 것을 비우고 나니 알게 된 것이다. 비어 있음에서 처음부터 시작한다.

"내가 완벽하지 않았음이다."

기연이라면 기연일까. 진기의 흐름이 군데군데 원활하지 못한 곳이 확연하게 들어났다. 아니, 눈에 보이는 것처럼 선명했다.

법륜은 절정의 고수였지만 갈 길이 멀었음을 다시 한번 확인했다. 반야신공의 진기가 도도하게, 그리고 완벽하게 흐르는 것처럼 보였던 것은 그만의 착각이었던 것처럼 다른 신공들도 마찬가지일지 모른다.

가부좌를 튼 법륜은 고요하게 흐르는 진기를 관조했다. 아직 임맥과 독맥을 완전하게 타통하지 못한 법륜이다. 완벽하지 못한 대주천으로 이루어낸 권기가 반야신공이 무상의 신공임을 다시 한번 증명했다.

고요함의 극치.

법륜의 심상은 고요했다. 미풍이 불어와 법륜의 뺨을 간질였다. 청량함 가득한 바람이었으나 법륜은 바람을 의식하지 못했다. 완벽한 몰입에 법륜은 구도자의 자세로 자신만의 세계에 빠져들었다. 무허의 복수마저도 잊었다. 유형과 무형의 경계에 선 법륜.

법륜은 몸속에 줄기를 이루어 흐르는 반야신공을 흩어냈다. 단전으로 되돌아가려는 기의 성질을 무시하고 계속해서 흩어냈다.

꼬여 있던 실타래를 한 가닥씩 풀어내듯 진기의 줄기를 가닥가닥 잡아냈다. 대접이 담긴 물에 떠다니는 지푸라기처럼 반야신공의 기운은 법륜의 의지 아래 힘을 잃고 스러져 단전에 잠들었다.

기운을 흩어낸 법륜은 단전에 의념을 집중했다. 단전에 흩어진 반야신공의 기운이 느껴졌다.

'하나로 뭉친다. 기존보다 더 단단하고 끈적하게.'

단전의 기운이 하나로 뭉쳐지기 시작했다. 진기가 끈끈해지고 단단해졌다. 전설 속에 등장하는, 천 근의 무게에 달한다는 천중수(千重水)처럼 변한 진기다.

법륜은 진득하게 변한 진기를 풀어내 혈맥으로 밀어 넣었다. 반야신공의 기운이 기경팔맥을 타고 십이정경을 지나 임맥과 독맥에 스며들었다.

임맥과 독맥의 경락이 빗장을 풀고 반야신공의 기운을 맞이했다. 고통 한 점 느끼지 못한 임독양맥의 타통. 법륜은 비워졌던 공의 개념으로부터 스스로 기연을 만들어냈다.

완벽한 대주천.

밀도는 높아졌으나 진기의 총량은 줄어들었다. 그러나 법륜은 확신했다. 이 진기야말로 진정한 반야신공의 기운이라고.

새로운 나날이 이어졌다. 법륜의 반야신공은 나날이 새로워졌다. 허기마저 잊은 채 운공에 흠뻑 빠져들었다. 그야말로 만전이다. 법륜은 어느새 기의 흐름에서 벗어났다.

고작 한 달이었지만 법륜의 육신은 새로운 경지로 나아가기 시작했다. 그야말로 환골탈태와 같았다. 감았던 두 눈을 뜨자 맑은 정광이 번뜩였다. 그렇게 법륜은 절정지경의 원숙함과 초절정의 고수로 올라갈 수 있는 단초를 마련했다.

"이제 때가 되었다."

그토록 원했던 파격. 한 달간의 연공으로 생각해 낸 법륜만의 파격. 그것을 얻어야 한다. 법륜의 두 눈이 의지로 가득 찼다.

"더는 끌려다니지 않아."

*   *   *

법륜은 당당하게 방장실로 걸음을 옮겼다. 완벽하게 회복한 몸과 정신이다. 무공이 어떻든 그 기백만큼은 절정고수를 압도하는 무언가가 있었다.

"제자 법륜입니다. 들어가도 되겠습니까."

이미 알고 있었던가. 방장실에서 들려오는 음성은 이제야 왔느냐고 법륜을 책망하는 것 같았다.

"들라."

그 말에 법륜은 거침없이 문을 열고 안으로 들어섰다.

"생각했던 것 이상이다. 곡기를 끊었다 들었거늘, 맑은 눈동자를 보니 안심이 되는구나. 그래, 무슨 연유로 이곳에 이르렀는가?"

"방장 사숙께 청이 있어 왔습니다."

각선의 안광이 번뜩였다.

"청이라. 그대가 내게 할 청이 있던가. 무허 사숙의 일이라면 내 미리 못을 박아두지. 불가하다. 그에 관한 일이라면 이만 돌아가 정양에나 힘쓰라."

"그런 것이 아닙니다. 제게는 다른 청이 있습니다."

그제서야 각선의 얼굴이 조금 부드럽게 변했다. 법륜은 단도직입적으로 용건을 꺼냈다.

"소림의 무가지보. 대환단이 필요합니다. 그것을 제게 주십시오."

언젠가 법륜이 떠올렸던 것. 법륜이 생각한 상상을 초월하는 파격이란 다른 것이 아니었다.

소림의 무가지보 대환단. 그것이 필요하다. 반드시 얻어내야만 했다. 정도를 걷는 무인으로 영약에 편승해 쉽게 높은 경지에 오르려는 것에 편협하다는 생각을 해왔던 법륜이다. 하지만 이제는 다르다.

법륜의 두 눈동자에 결연한 빛이 서렸다.

각선의 얼굴에 순간 조소가 피었다. 대환단이라니. 대환단은 말 그대로 무가지보다.

소림에는 단 두 개의 대환단만이 남아 있을 뿐이며, 새로이 영단을 연단하기에는 무리가 따랐다.

그만큼 소모되는 재료의 가치도 대단했으며, 그것을 다 구한다고 해도 연단하는 데 오랜 시간이 걸린다. 소림 방장의 입장에서 쉽게 들어줄 수 없는 청이다. 또한 소림의 제자로서 쉽게 할 수 있는 청도 아니다.

"사질의 의도가 그대로 보이는군. 제자 법륜은 지금 이 방장실에서 스스로가 무슨 말을 하고 있는지 알고 있는가?"

각선은 조용히 자리에서 일어나 다기를 들어 찻잎을 우리기 시작했다. 진한 녹차의 향이 방장실 안에 머물렀다.

"차를 한잔하면서 이야기해 보도록 하지. 긴 이야기가 되겠군."

차가 우러나는 동안 법륜과 각선은 아무 말도 하지 않고 그저 다기를 바라보기만 했다.

뿌연 김이 올라와 향긋한 향이 복잡했던 머릿속을 깨끗하게 씻어냈다. 법륜은 찻잔에 차를 따라내는 각선의 손을 보며 입을 열었다.

"이유를 여쭈어도 되겠습니까?"

"무슨 이유를 말함인가?"

"방장께서는 제 의도가 뻔히 보인다고 하셨지요. 그렇다면 제가 무슨 의도를 가지고 이곳에 이르렀는지도 여실히 아실 터. 어째서 저를 물리지 않으셨습니까?"

각선의 입매가 올라갔다.

"방장인 내가, 일개 제자인 자네에게 차를 대접하고 있다네. 이게 무슨 의도인지는 알겠는가?"

의외의 선문답이다. 법륜은 여전히 알 수 없다는 얼굴로 각선을 보았다. 답을 요구하는 듯한 법륜의 눈동자에 각선이 다시 입을 열었다.

"자네는 내가, 그리고 소림이 사숙의 죽음에 어째서 침묵한다고 생각하나. 자네가 원하는 바, 내 모르는 것이 아니야. 나 또한 자네와 같으니까. 이 소림이 힘이 없어 침묵한다고 생각하는가? 이 각선의 능력이 부족해 정고라는 자를 두려워하여 자중하는 것으로 보이냐는 말일세."

"그런 것이… 아니었습니까?"

"허허. 그대는 아직 어리구나. 제자 법륜은 이 소림의 힘이 얼마나 되는지 알고 있나? 모르겠지. 감추고 눌러 담아 숨겨 온 힘이니까. 다른 구파도 마찬가지일 걸세. 기련마신? 소림의 원로원에 거하는 분들 중 서넛만 나서도 그자를 지옥으로 떨어뜨릴 수 있겠지. 하지만 그자는 혼자가 아니야. 그를 따르는 무인들이 부기지수일세. 그것도 역시 원로원과 사대금강, 백팔의 나한을 보내면 쉽게 해결되겠지."

각선은 조용히 찻물로 입술을 적셨다.

"자네는 그것을 원하는가?"

법륜은 그 말에 아무 말도 할 수 없었다.

"그것은 소림의 방식이 아니다. 소림이 숨죽이고 눈치를 보고 있다? 잘못된 생각일세. 구파의 능구렁이들도 이 각선과 같은 생각을 하겠지. 소림의 힘은 강해. 하지만 나서지 않는 이유도 분명하다. 그것이 정도를 따르는 소림의 방식이 아니기 때문일세. 마인들을 몰살시켜 봐야 남는 것이라고는 오명 밖에 없다. 구파의 방식이 아니어서 그렇다. 그래서 나는 자네를 기다렸지."

"저를… 말입니까?"

"방장인 내가, 그리고 소림이 기런마신을 잡아내지 않는 이유는 명확하다. 소림이 움직이면 다른 구파도 움직인다. 마도 십천이라지만, 그 무위가 무허 사숙을 넘어섰다지만 과연 버틸 수 있겠는가? 피해야 어느 정도 있겠지만 십대마존이라는 놈들을 각개격파하면 그만일세. 하지만 그런다면… 이 소림이 늑대무리와 같은 저 팔대세가와 다른 것이 무엇일까. 속세에 머무는 세인들의 시선은 또 어찌할 텐가. 소림이 그저 불법의 성지가 아니라 살귀의 집단이 되어도 좋은가?"

그래서 나는 자네를 기다렸지.

각선은 마지막 말을 삼켰다. 상황은 충분히 설명했다.

"현재 소림은 무허 사숙과 같은 사람이 필요하다. 아니, 사숙 이상의 무인이 필요해. 나는 그게 자네라고 생각하고 있었네. 자네와 같은 이, 젊고 명분이 있는. 나이가 어리니 패해도 본사의 명예를 흠잡을 수는 없을 것이고, 스승의 복수를 한다는 명분이 있으니."

각선은 품에서 작은 목함 하나를 꺼내 들었다. 목함이 닫혀 있음에도 청량한 향이 틈새로 흘러나왔다. 저 안에 든 것이 값을 매길 수 없는 보물, 대환단이리라.

"대환단, 주겠네. 하지만 당장은 아니야. 그래서 그대에게 제안을 하나 하지. 본 적이 있겠지? 소매의 역태극."

법륜의 미안이 부릅떠졌다. 역태극이라면 얼마 전 구파의 회합에 찾아온 무당의 무인이 아닌가. 방장께서 어찌 그를 알고 있는가.

동시에 법륜의 뇌리에 자신을 흑무라 칭하며 상상불가의 무학을 펼쳐내던 청인의 모습이 떠올랐다. 또 그가 남긴 말이 스쳐 지나갔다. 방장께 물으라. 그 말을 하는 청인의 미소가 눈앞에 보이는 듯 선명했다.

"본 적이 있습니다. 저를 찾아왔더군요. 본인을 흑무라고 소개했습니다만."

"흑무. 그래, 그는 흑무지. 무당에서 비밀리에 키운 병기. 무당은 이미 내가 생각한 바를 행하고 있었다. 내가 말했지. 무허 사숙 이상의 무인이 필요하다고. 젊고 명분이 있어 패해도 본산에 피해를 주지 않을. 그는 그런 자다. 벌써 십 년이 넘었지."

각선에게 충분한 상황 설명을 들었음에도 법륜의 얼굴은

혼란스럽기 그지없었다.

구파가 움직여 피를 흘리면 세간의 평가가 달라진다.

그것도 나쁜 쪽으로. 구파 전체가 움직이지 않고도 복수를 행할 수 있는 명분과 힘이 필요했다. 그래서다. 무허와 같은 무의 화신이 필요한 것은. 홀로 기련마신의 세력을 뚫고 들어가 그의 목숨을 취할 수 있는 그런 무신이 필요한 이유.

명분과 실리를 모두 취할 수 있는 그런 존재.

"제가 무당의 흑무와 같이 될 수 있다 생각하십니까?"

"물론이다. 그는 검선에게 배웠지. 재미있지 아니한가. 고고한 학 같은 무당에서 그런 마인과도 같은 자가 났다는 것이. 그 또한 무당의 지보인 태청단을 취했지. 그리고 스스로 역천의 도를 행했다."

각선은 조용히 법륜의 대답을 기다렸다.

무당의 흑무는 그런 존재다. 태극의 이치를 그리는 무당에서 홀로 역행하는 자. 그 파괴적인 무력과 격을 파괴하는 상식 밖의 행동들.

각선은 법륜에게 그것을 바란다 말하고 있는 것이다. 소림의 칼날이 되어라. 법륜은 납득했다.

"방장께서는 제게 역천의 도를 행하라 하시는군요. 소림의 제자로서 그게 가능하기나 한 것입니까. 그게 소림의 법도입니까? 또 방장께서는 제게 제안할 것이 있다고 하셨지요."

밝게 빛나는 두 눈이다. 소림의 정명함이 두 눈에 어렸다.

"그게 무엇입니까?"

"맞네. 나는 자네에게 소림의 법도를 어기라고 말하고 있는 것이지. 소림은 강하지만 지금 당장 사용할 수 있는 힘이 없다. 네가 그 힘이 되어라. 그에 약조를 한다면 대환단을 주겠다. 그리고 제안이라 함은… 다른 것이 아니다."

잠시 뜸을 들이는 각선이다.

"소림의 대환단은 엄청난 약력이 뭉친 정기의 정화일세. 자네의 수준에서 대환단의 약력을 제대로 흡수하기란 요원한 것. 내 제안은 간단한 것일세. 삼 년. 소림에서 그 누구도 가길 원하지 않는 곳이 있지. 그곳에서 삼 년의 시간을 보낸다면 내 자네에게 대환단을 주지. 대환단을 복용할 그 수단까지도."

"항마동 말씀이시군요."

법륜은 고개를 끄덕인다. 항마동이라. 현재는 법 자 배분의 대사형 법무가 머물고 있는 곳이다. 소림의 차기 방장 내정자로 항마동은 법무가 반드시 거처가야만 하는 곳이라지만, 법륜에게는 아니었다.

기련마신을 잡기 위한 무공의 단련에만 쏟아도 부족할 시간이다. 항마동에서의 삼 년, 그리고 대환단. 버려야 할 것에 비해 얻을 수 있는 것이 너무 명확하고 크다. 법륜은 결정을 내렸다.

"가겠습니다."

거래다. 이것은 같은 사문을 둔 제자들의 협력이 아니라 장사치의 거래나 다름없었다. 법륜의 무작정 찾아와 대환단을 내어달라는 청도, 명분을 위해 대환단을 건네는 방장도 모두 불제자로서 해서는 안 될 거래를 했다.

법륜이 그간 배운 바가 너무나도 다른 세상의 이치다. 승냥이 같은 팔대세가를 언급하며 구파의 명예를 외치는 각선도, 그런 각선이 제안한 거래에 응한 자신도 모두 다르지 않다. 그저 욕심에 눈이 먼 중생과 같다. 법륜은 고개를 숙이곤 복잡한 얼굴로 방장실을 나섰다.

방을 나서는 법륜을 바라보는 각선.

거래를 제안한 그의 얼굴은 오히려 편안한 얼굴이다. 각선에게는 본디 심중에 의도한 바가 있었다. 고도의 계산이 깔린 제안이었다.

첫째는 법륜 그 자체다. 그 무위와 성정. 소림의 칼날로 사용해도 충분할 정도로 올곧다. 받은 것이 있으면 갚아야 하는 것이 이치. 법륜은 그런 이치를 아는 제자다. 어떤 상황이 발생해도 법륜은 소림의 이름을 버릴 수 없으리라.

두 번째는 명분이다. 스승에 대한 복수를 천명한 어린 제자. 그 복수에는 다른 계산이 끼어들 여지가 없다. 기련마신에 대한 복수행은 어린 제자의 행보에 세간의 이목을 집중시킬 수 있을 것이다.

기실 각선은 법륜이 무공을 끌어올리고 대환단의 약력을 전부 소화해도 기련마신에게 밀릴 것이라고 판단했다. 그래도 좋다. 그러면 소림에게 또 다른 명분이 생기는 셈이니까.

눈 가리고 아웅 하기식의 계책이다. 맹회나 구파일방, 팔대세가의 이목은 속이지 못하겠지만 민초들의 눈 정도는 가릴 수 있는 계책이다. 그거면 충분하다.

각선은 그렇게 생각했다. 아니, 그렇게 생각하려고 노력했다. 소림을 이끄는 방장의 눈물 겨운 노력이 그의 이마에 주름 한 줄기를 더 새겨놓았다.

"아미타불."

그저 불법무한(佛法無限). 각선은 스스로를 잘한 결정이라 납득시키면서도 법륜을 항마동에 보낸 것이 잘한 판단인지 확신이 서질 않았다.

인연의 고리가 어찌 이어질지. 무허 또한 당부하지 않았던가. 법륜이 그 사실을 궁금해하게 된다면 숨김없이 이야기해 달라던 그의 당부를 각선은 잊지 않았다. 게다가 '그'의 무공까지도.

법륜이 열고 나간 문이 닫혔다.

방을 나선 법륜은 잠시 방장실 앞에 서 눈을 감았다. 각선

의 제안에 담긴 의도가 확실했다. 자신을 칼로 쓰겠다는 선언
이었다. 불제자로서 살업을 쌓아야 하는 칼날이 된 법륜이다.
그렇지만……

"내 소림의 칼날이 되겠소. 그러곤 지옥으로 스스로 걸어가
리다."

법륜은 결심했다.

우연일까. 불법무한. 법륜이 떠올린 것도 그와 같았다. 소림
의 칼날로 살다가 그대로 스러져 사라진다면 그것 또한 불법
의 진리 아래 순리일 것이다.

불법의 힘은 무한하니 믿고 정진하면 그의 손에 원하는 것
을 쥐여줄 것이고, 때가 되면 쥐여준 것을 빼앗아갈 것이다.
그것이면 된다.

부처가 보리수 아래에서 겪었다는 백팔 개의 번뇌처럼 수많
은 생각들이 머리를 스쳐 지나갔다. 항마동에 들기 전까지 해
야 할 일이 많았다. 또 어떤 일들이 펼쳐질지.

법륜은 상념을 지웠다.

제삼장(第三章)

항마(降魔)

"제자 법륜, 방장의 명이 내려왔다. 예를 갖추라."

법륜이 기거하는 암자로 철탑 같은 승려가 찾아왔다. 무심철곤 각문이다. 무허를 잃고 삭막했던 법륜의 얼굴에 봄바람이 불었다. 저 무표정한 철곤의 얼굴에서 반가움을 읽었다면 이상한 일일까.

무심철곤이라는 별호가 무색한 사숙이다. 내색하지는 않지만 각문의 얼굴에서 같은 마음을 느낀 법륜이다. 법륜은 가부좌를 풀고 자리에서 일어나 예를 갖췄다.

"제자 법륜, 각문 사숙을 뵙습니다. 방장의 명이라면 이미 알고 있으니 그대로 행하겠습니다."

"좋은 얼굴이구나. 걱정을 한시름 덜었다. 방장과 무슨 약속을 했는지는 모르겠으나, 약속한 물건은 항마동으로 보내겠다 하셨으니 그리 알면 될 것이다."

각문은 말을 마치자마자 돌아섰다.

"고맙구나. 다시 일어나 줘서."

부끄러워서였을까. 각문은 조용하게 읊조리고는 그대로 떠나갔다. 그렇게까지 걱정해 주고 계셨는가. 무허 이외에도 크나큰 사랑을 준 사람이 있음을 안 법륜이다.

불도에 정진한다는 것은 어찌 이리 어려운가.

보리수 나무 아래에 불도를 이루었다는 부처처럼 번뇌와 감정을 끊어낸 것이 얼마나 지난한 일인지, 언제쯤 자신은 그런 도를 이룰 수 있을지 모를 일이다.

법륜은 떠나가는 각문을 향해 깊이 고개를 숙였다.

불법무한.

오늘따라 불법무한을 읊조리던 무허의 얼굴이 또렷하게 상기됐다. 법륜은 무허의 말처럼 무공이 아닌 불법에 정진한다면 자신도 그런 경지에 이를 수 있을까 생각했다.

"감사합니다, 사숙."

언젠가는. 언젠가는 무허가 말한 불법에 도달할 수 있으리라 믿으며 법륜은 합장했다. 이제 거래를 이행할 순간이 왔다.

그리고 다시 도약할 때가 되었다.

항마동은 소림의 경내에 존재하지 않았다.

소림이 위치한 소실삼십육봉에서 굽이굽이 흐르는 계곡을 따라 한참을 안으로 들어가야 도달할 수 있는 항마동이다.

법륜은 항마동이 정확하게 언제부터 소림의 소관 아래 있었는지에 대해서는 알지 못했지만 그 역사가 깊다는 것 정도는 잘 알고 있었다. 법륜의 눈에 저 멀리 석벽에 쓰여진 '항마'라는 글자가 눈에 들어왔다.

일필휘지라.

종이 위에 끊어짐 없이 이어진 먹의 조화처럼 석벽에 새겨진 두 글자는 탄성을 자아내게 할 만큼 멋있었다. 완벽하게 우거진 산림이 천연의 동혈을 가려주고 있었다.

소림의 비지.

항마동은 탑림이나 비림처럼 먼저 간 선각자들을 기리기 위해 예를 갖추는 것과는 다른 성격의 금지다. 그 어두운 모습은 무공을 익힌 무인이라도 섬뜩하게 하는 무언가가 있었다.

법륜은 멀리 보이는 항마동을 향해 신법을 전개했다. 다른 팔파에 비해 신법의 운용에 뒤쳐진다는 평가를 받는 소림이다.

그것은 소림의 경공법이 다른 팔파에 비해 부족해서 그런

제삼장(第三章) 항마(降魔) 131

것은 아니다. 그저 소림 무공의 특성 때문이다. 소림은 웅혼한 내력을 바탕으로 물러섬 없는 강공일변도의 무공이 주를 이루는 곳.

물러섬이 없으니 당연히 후퇴할 일도 없다. 적도를 추격할 일이 없는 것은 아니나 강대한 내력으로 찍어 눌러 도망갈 생각조차 하지 못하게 하는 것이 소림의 무공이다.

법륜의 경공은 소림 경공의 특성을 그대로 보여주는 듯했다. 빠름보다 일보에 힘을 싣는 것에 더 힘을 쓴 경공은 표홀함보다 호쾌한 맛이 있었다.

터엉!

항마동에 이른 법륜.

수풀에 우거져 보이지 않았던 암자가 보였다. 석벽에 새겨진 '항마'라는 글자 아래 세워진 조그만 암자. 암자에는 봉마암(封魔庵)이라는 편액이 걸려 있었다.

그간 암자의 관리에 심혈을 기울였는지 암자의 앞마당엔 낙엽 하나 보이질 않았고 편액은 칠을 한 듯 윤이 났다.

"법무 대사형."

법륜의 부름에 암자의 문이 열리고 중년의 나이에 도달해 가는 승려가 모습을 드러냈다.

법무, 법 자 배분의 대사형.

차기 방장 후계로 점쳐지는 승려다. 푸르스름하게 빛나는 중의 머리에 이마에 박힌 여섯 개의 계인이 뚜렷한 빛을 발했다.

인자해 보이는 눈과는 다르게 시원하게 뻗은 콧날은 소림의 위상을 받들 듯 강대한 기상이 깃들었다.

"법륜 사제인가. 어렸을 적 보고 격조했구나. 장성하여 헌양한 모습을 보니 좋군. 스승님께 기별은 받았다. 내 대신 항마동의 관리를 맡는다지? 앞으로 보름간 항마동에서 할 일을 일러주도록 하겠다. 짧은 시간이나마 잘 지내보도록 하지."

*　　　　*　　　　*

"법륜 사제는 참으로 영민하군."

법륜은 법무의 말에 멋쩍은 미소를 지었다. 법륜이 법무에게 항마동의 업무를 인계받은 지 칠 주야.

그동안 영민하다 할 만한 일을 한 적이 없었기 때문이다.

항마동에서 한 일이라고는 하루 세 번, 정해진 시간에 벽곡을 마인들이 머무르는 석문 앞에 놓아두는 것이 다였다. 법륜과 법무는 하루 세 번의 공양이 끝나고 나면 담소를 나누며 시간을 보냈다.

항마동에 묻혀 벌써 오 년이 넘는 시간을 보낸 법무다.

법륜 또한 무공의 수련에만 시간을 쏟아부은 탓에 산사와 사람간의 관계에 대해 아는 것이 없다시피 했지만, 오 년이라는 시간 동안 홀로 지내온 법무보다는 나았다.

항마동에서의 일과는 단조롭고 변화가 없기 때문이다. 마인과의 대화 자체가 금지된 항마동에서 법무가 할 수 있는 일이 무엇이 있었을까.

그저 경전을 읽거나 무공을 수련하는 나날이 전부였을 것이다. 그래서인지 법무는 아주 사소한 일에도 너털웃음을 터뜨리며 좋아하기도 했고, 급격하게 조용해지기도 했다.

"그랬군. 무허 사조께서 그렇게 열반에 드셨던가. 내 전혀 몰랐네. 기련마신이라는 자의 무위가 그리 강하다니 놀라운 일이로군. 사제의 아픈 기억을 끄집어내 정말로 미안하이."

"아닙니다, 대사형."

법륜은 그런 법무를 보면서 처음으로 사형제간의 정을 느꼈다. 언제나 외톨이처럼 살았던 법륜이기에 법무의 살가운 태도와 꾸밈없는 마음이 진심으로 다가왔다.

법륜이 생각한 법무는 타고난 불제자였다. 도를 이룬다면 법무의 저런 순진무구함을 가질 수 있을까. 법륜보다 나이가 십 년은 더 많은 법무다. 저 나이에 저런 순수한 마음을 유지할 수 있다니 그저 놀라울 뿐이다.

그래서인지 법무가 소림의 차기 방장으로 한 치에 부족함도 없다고 느껴졌다. 그 능력도, 인품도 차고 넘친다.

앞으로 십여 년이 흘러 소림을 이끄는 방장이 된 법무를 상상하는 법륜이다. 자신이 알고 있는 바로는 그 이외에 방장에 더 적합한 사람이 없었다. 그렇게 다시 칠 주야의 시간이 흐르고 법무가 떠나가기로 한 날이 다가왔다.

"조금 더 사제에 대해 알 수 있는 시간이 있었다면 좋았을 것을. 이 사형이 부족해 그동안 사제에 대해 전혀 모르고 있었음이야. 아니, 알려고 하지 않았다는 것이 정확하겠지. 알려고 했다면 얼마든지 그럴 수 있었던 것을. 아미타불."

법무는 아쉬운 표정이다.

"그래서 이 사형이 사제에게 부탁이 하나 있다네."

법륜의 얼굴이 의아함으로 물들었다.

법무는 부족함이 없는 사람. 소림 내에서의 위치도 법륜보다 법무가 한참 위에 있었으며, 치우침 없는 그의 공부는 누구에게 부탁을 해 원하는 것을 얻기보다 스스로 그 방법을 찾아갈 사람이었다.

그가 이렇게까지 말한다면 진정으로 법륜에게 원하는 것이 있는 경우다.

오직 그만이 들어줄 수 있는 부탁.

"무엇인지요. 제가 들어드릴 수 있는 것이라면 얼마든지 들어드리겠습니다, 대사형."

"대련."

법무가 재차 입을 열었다.

"내 보름이라는 짧은 시간 동안 사제를 알아가기 위해 노력했지만 단 한 가지 보이지 않는 것이 있었다네. 바로 사제의 무공일세. 이 사형은 무허 사조가 사제에게 남긴 무가 어떤 것인지 보고 싶다네."

의외였을까. 아니다. 법륜은 법무의 말에 오히려 미소를 지으며 화답했다. 사양하지 않는다. 그도 대사형 법무와 한 수 겨뤄보고 싶었던 마음이 한가득했다. 법륜의 입가에 진한 미소가 떠올랐다.

"좋습니다. 저도 대사형의 무공이 궁금했던 터. 대사형의 제안을 거절할 수가 없군요. 무허 사조께서 제게 남긴 무를 보여 드리겠습니다."

갑작스럽게 이루어진 것처럼 보이는 대련이지만 실상은 아니었다. 지난 보름간 법무와 법륜은 끊임없이 서로를 탐색했다.

저 순진하고도 자애로운 대사형은 자비로운 승려의 모습이었으나 한 가닥 호승심을 버리지 못한 무인이었다. 스스로가 가진 무공이 어느 정도인지 확인하고 싶은 것이 무인의 본능이다.

법륜은 그런 법무를 이해했다.

법무는 법륜이 가진 무공이 어느 정도 수준인지 알지 못했다. 보름간 계속해서 살펴보았지만 그 틈을 엿볼 수 없어 당혹스러운 마음이었다.

법무는 이제 막 약관을 넘긴 법륜이 이룬 성취가 궁금해 밤잠을 설칠 정도였다. 반대로, 법륜은 법륜 나름대로 확신이 선 상태였다.

'비슷하다. 백중세야.'

법륜이 비슷하다 느낀 것은 결코 우연이 아니었다. 같은 소림의 무공에 비슷한 경지. 법무의 경지가 눈에, 그리고 손에 잡힐 듯 확실하게 보이질 않은 것은 그런 이유였다.

그런 면에서 법륜은 법무의 제안을 지닌 무공을 확인하는 일종의 계단으로 생각했다. 사십 줄을 바라보는 법무와 약관을 갓 넘긴 법륜.

법륜 스스로가 어느 정도의 위치에 섰는지 명확하게 알게 된 것이다.

기수식을 취한 법륜은 새롭게 변모한 반야신공을 끌어냈다.

법무의 경지가 눈에 보일 것처럼 선명하다가 흐릿해지길 몇 번. 역시나 승부는 알 수 없는 일이다. 작은 변수 하나에도 승패가 뒤바뀔 수 있는 것이 절정에 이른 자들의 승부.

내력의 수준이 비슷할 수도 있고 그렇지 않을 수도 있다. 초식의 운용이 법륜보다 더 매끄러울 수도, 그렇지 않을 수도 있다. 혹여나 법륜이 경험해 보지 못한 비장의 한 수를 선보일지도 모른다.

어떠한 경우라도 방심은 금물이라는 생각과 함께 법륜의 손이 뻗어나갔다.

첫 수부터 강수를 뽑아낸다. 절정의 경지에 이른 반야신공의 진기가 손에 머물렀다. 수기가 가득 맺힌 반선수다. 반선수의 묘는 착과 반에 있다.

끌어당기고 밀어낸다. 반선수에 닿는 상대의 기운을 끌어당겼다가 반탄의 묘리로 튕겨내는 것이 진정한 모습의 반선수다.

그저 튕겨내는 것이라 생각하면 오산이다.

손에 담긴 내력이 강하면 강할수록 더 큰 반탄력과 함께 상대의 힘을 되돌려 낸다. 강맹한 경력이 상대의 혈맥으로 스며들어 내부를 파괴시키는 것.

반선수를 자격이 되지 않는 제자에게 쉬이 가르치지 않는 이유가 여기에 있다.

소림의 무공이라기엔 너무 파괴적이다.

"하앗!"

마주 뻗어오는 법무의 쌍장. 황금빛 서기가 어린 소림의 절공, 대력금강장이다. 맞상대한 내력은 비등했다. 반선수가 대력금강장의 장력을 당기고 튕겨내려고 애썼다.

진기를 변화시켜 단단하게 쌓아 올리지 못했다면 일수에 밀릴 만큼 강한 장력이었다.

반선수를 맞이한 법무는 연달아 대력금강장의 장력을 뻗어 냈다. 법무의 무력은 강호 후기지수의 위치를 한참이나 뛰어 넘어 있었다. 소림 산문의 사천왕처럼 인세에 보기 드문 무력 이다.

그저 강하기만 한가하면 그것도 아니었다. 과연 법무의 장 력은 강력하면서도 군데군데 생로를 열어주어 스스로 물러나 게 만드는 소림의 정신이 깃들어 있다.

반선수로는 역부족인가. 그것은 아니다. 법륜은 그저 법무 가 펼치는 대력금강장이 자신이 펼치는 반선수와 상성이 맞지 않다고 생각했다.

두 손으로 장력을 뻗어오는 법무다.

한 손으로 펼쳐내는 반선수로는 그 모든 장력을 튕겨낼 수 가 없었다. 그것이 가능하려면 법륜에게 반선수를 가르쳐 준 무허 정도의 경지에 올라야 가능하리라. 아직 법륜의 경지로 는 요원하기만 하다.

'그래도 괜찮아. 나에게 반선수만 있는 것은 아니지 않은가.'

법륜은 반선수에 공력을 배가했다. 일수에 밀어내고 세를 정비할 요량이다.

쿠웅!

법륜의 반선수가 법무의 대력금강장과 충돌했다. 커다란 폭음에 숲이 흔들렸다. 법륜은 대력금강장의 장력을 완전히 해소하지 못하고 뒤로 물러섰다.

법무는 그런 법륜의 의도를 놓치지 않았다. 잠시 물러나 세를 정비한다? 소림의 무공은 물러서는 자에게 더 강력한 힘을 발휘한다. 그 기회를 놓치지 않는 법무다.

연대구품(蓮臺九品).

완벽하게 연성하면 아홉 개의 잔영을 만들어 구 방을 점한다는 소림 무상의 보법. 그 보법이 법무의 몸으로 구현되었다.

하지만 그런 연대구품도 완벽하지는 않다.

아직 수련에 쏟아온 세월이 연대구품이라는 천고의 무공을 발휘하기에 부족했음이다. 법륜은 법무의 흩어지는 신형을 두 눈으로 똑똑히 잡아냈다.

네 개.

아홉 개의 잔영이 아니라 네 개뿐인 잔영이다. 완벽하지 않음에도 불어난 네 개의 잔영이 마치 현실 같다. 본래 네 명의 법무가 이 세상에 존재했다는 듯 장력을 뻗어온다.

하지만 공력이 부족했는지 날아오는 장력에 담긴 힘이 한 사람의 법무가 펼쳤을 때보다 약하다. 법륜은 눈을 번뜩였다.

"기회!"

법륜은 뒤로 물러서던 신형을 급격하게 세우고 앞으로 달려 나갔다. 일보에 금강, 이보에 부동이다. 몇 년 전 구양백 앞에서 선보였던 금강부동보와는 차원이 다르다.

금강의 철인이 달려 나간다. 법륜의 신형이 좌우에서 달려드는 법무의 잔영과 마주했다.

양손에서 뻗어나가는 낙화장(落花掌). 낙화장의 기세가 대력금강장을 뚫고 들어갔다.

흩어지는 법무의 잔영. 법륜은 그대로 법무의 세 번째 잔영과 맞섰다.

이어지는 무영각(無影脚). 그림자 하나 남기지 않는다는 각법이 법륜의 발끝에 현신했다.

법무의 얼굴에 당황한 표정이 역력했다. 반선수와 같은 전설이라 불리는 무공은 아니었지만 시의적절하게 펼쳐진 한 수에 법무가 회심의 한 수로 펼쳐낸 연대구품이 물거품처럼 사그라들었다.

그럼에도 여력이 남았음인가.

법무는 무상대능력의 공능을 끌어내며 달려들었다. 법륜의 시야 가득 들이닥치는 태산 같은 기세.

고법이다. 철산고(鐵山固). 어깨의 경혈을 보호하며 부딪혀오는 기세가 살을 떨리게 만들었다. 금강동인으로 화한 법무의 어깨가 법륜의 몸과 충돌한다.

법륜은 반사적으로 어깨를 가져다 댔다. 같은 고법이다. 거의 일순간에 펼쳐낸 철산고가 법무의 어깨와 마주쳤다. 급격하게 뒤로 밀리는 법륜이다.

성급했다는 생각이 가장 먼저 들었다. 연대구품의 틈을 노려 펼쳐낸 칠십이종절예를 법무가 철산고로 뚫고 들어오자 본능적으로 같은 철산고로 막아선 것이 패착이다.

본능적으로 부딪힌 철산고는 경력이 제대로 실리지 않아 타격도 주지 못했고 법륜을 수세에 몰아넣는 데 일조했다. 법무의 권장이 법륜을 몰아붙였다.

팡파파팡!

그럼에도 계속해서 법무의 권장에 부딪혀 가는 법륜이다. 황금빛 기운이 어린 법무의 일권, 일장에 법륜은 그저 따라가기 바빴다. 분명 눈에 보이는 수였건만 어째서 이렇게 밀리기 바쁜 것인지. 숨 막힐 듯 몰아치는 대련에 법륜이 간과한 것은 단 하나였다.

경험.

법륜과 법무의 연배 차이는 십 년에 가깝다. 법륜보다 대련과 실전에 대한 경험이 몇 배나 차이 나는 상대. 만전을 기한 백전의 장수에게 칼을 들이미는 병졸이나 다름없다.

절정에 이른 고수도 칼에 찔리면 피가 나고, 목이 베이면 죽는다는 것은 아주 간단한 이치다. 거기에 백전을 연마한 무인 앞에서 방심이라는 탈을 쓰고 자신의 실력을 과신했다.

법륜은 자신의 실책을 인정했다.

실책은 실책이다. 하지만 그것보다 급한 것은 당장의 수세에서 벗어나는 것이다. 법륜은 법무의 강공 속에서 수세에 벗어나기 위해 모험을 강행했다. 그저 사형과의 대련이라지만 지고 싶지 않았다.

이 또한 무인의 본능이라는 호승심일까. 법륜은 반야신공을 극성으로 끌어 올렸다. 살을 주고 뼈를 취한다.

몸으로 막아낸다.

진기의 방어막을 두른 채 법무가 다시금 펼쳐낸 대력금강장 안으로 몸을 밀어 넣는 법륜이다. 상대방이 예측하지 못한 수. 법륜은 아무것도 남지 않을 대련의 승리를 위해 과욕을 부렸다.

퍼엉!

법무의 일장이 법륜의 왼쪽 어깨를 때렸다. 법륜의 자세가 일순간에 흔들렸다. 생각보다 강했다. 대력금강장의 초식을 연달아 뻗어냈고, 무상의 보법인 연대구품까지 펼쳐낸 법무다.

진기가 많이 소진되었을 것이라 생각했는데 그게 아니었다. 법륜은 이를 악물었다. 왼쪽 어깨를 때린 법무의 손이 물러나는 것을 보며 법륜은 그대로 몸을 한 바퀴 회전시켰다. 그대로 팔꿈치를 뻗어낸다.

반야신공의 진기가 가득 담긴 일격이다.

콰직!

법륜이 그런 무리한 수를 감행할지 몰랐던 것일까. 법륜의 팔꿈치가 방심한 법무의 어깨에 틀어박혔다. 법무가 오른쪽 어깨를 부여잡고 주저앉는다. 이판사판으로 펼친 회심의 일격이 성공한 기쁨도 잠시. 법륜은 자신이 너무 흥분했다는 사실을 깨달았다. 승리에 대한 열망으로 대련에서 사용해서는 안 될 살수를 썼다. 손속이 너무 과했다.

"법무 사형!"

"크윽."

법무는 왼손으로 어깨를 잡고 이리저리 주무르기 시작했다. 보기에도 축 늘어진 팔이, 어깨뼈에 상당한 무리가 간 것 같았다. 법륜은 당황했다. 아니, 안절부절못한 표정이다.

"괜찮으십니까, 사형?"

"크으… 괜찮네, 사제. 순간 승리했다는 도취감에 빠진 이 사형의 잘못일세. 거기서 그렇게 몸으로 밀고 들어올 줄은 꿈에도 몰랐지 뭔가."

"사형, 어깨가……."

"아아, 부러진 것은 아니니 괜찮네. 금이 간 모양이야. 얼마간 정양하면 금세 나을 것이니 너무 괘념치 말게. 강호에서였다면 이 사형은 죽은 목숨이지 않겠는가. 사제에게 오늘 크게 배웠으니 더 이상 스스로를 자책하지 말게."

말을 마친 법무는 '휴우' 하고 한숨을 내쉬었다. 숨을 내뱉는 법무의 얼굴이 조금은 편안해 보였다. 그 짧은 순간 무상대능력의 공능으로 몸에 쌓인 탁기를 뱉어낸 것이다. 법무가 자리에서 일어나 법륜을 보며 빙그레 웃었다.

"사제는 이제야 조금 사람 같아 보이는군. 좋은 얼굴이야. 내 사제를 처음 봤을 때 사제가 삼십육방의 금강동인인 줄 알았지 뭔가. 솔직한 표정이 참으로 좋구먼."

법무의 표정은 후련해 보였다. 이제야 해야 할 말을 한 것 같다는 얼굴이다.

"사제. 내 오랜 세월을 살아온 것은 아니네만, 한 가지는 확실하게 말해줄 수 있는 것이 있다네. 승려는 승려이기 이전에 사람일세. 본인이 무엇인지도 모르는 자가 어찌 부처가 되어 중생을 구제할 수 있겠나. 자신의 감정에 조금은 솔직해져도 괜찮다네. 자신이 무엇을 원하는지, 어떤 생각을 하는지 알아야 수행의 방향을 결정하고 행할 것이 아닌가."

법륜에게 법무의 말은 잡힐 듯 잡히지 않는 선문답 같았다. 기억이 존재할 때부터 불법과 무공의 단련에만 매진해 온 세월. 스스로가, 그리고 함께 생활하는 모두가 불법을 구도하는 승려라 입을 모아 경전을 부르짖는데 어찌 인간임을 확인할까.

법무의 말대로 그저 감정에 솔직해지면 모든 것이 해결되는 것일는지. 법륜에게 그것은 무공의 수련보다 더한 난제다.

할 말을 다 마쳤다는 듯, 법무의 얼굴에 시원한 감정이 묻어난다. 법륜은 그런 법무를 보며 복잡한 심사를 감출 수 없었다.

인간답게 사는 것. 이 세상에 내려와 인간의 탈을 쓰고 태어났으니 그것에 충실한 것이 맞을지도 모른다. 법무는 법륜의 얼굴에 내려앉은 고뇌를 조용한 얼굴로 화답할 뿐이다.

"아주 잘들 하는 짓이다."

카랑카랑한 노성이다. 순식간에 법무의 뒤로 다가선 노승. 법륜은 노승이 다가설 때까지 한 줌의 기척도 느끼지 못했다.

오 척 단구. 깡마른 몸과 강퍅한 인상을 가진 노인이다. 깊게 패인 주름이 그의 얼굴에 깊은 세월의 흐름을 담아냈다.

저 노승은 어떤 삶을 살아왔을까. 아무런 위화감 없이 다가선 노승, 그의 향취는 무허와 같은 향기를 담아내고 있었다.

"무정 사조!"

법무는 무정을 보자마자 급하게 예를 취하려다 주저앉았다. 부상을 입은 어깨 탓이다. 법무는 어깨를 부여잡고 끙끙거리면서 일어나 예를 보였다.

"쯧쯧."

무엇이 그리 마음에 들지 않을까. 법륜은 무정이라 불린 노승을 보며 잠시 생각에 잠겼다. 살아생전 무허가 주었던 향취를 고스란히 풍기는 무정이다. 법무 대사형이 저렇게 예를 취하는 것을 보면 사문의 어른은 사문의 어른인가 보다.

자오대승 무허는 구파에서도 손꼽히는 무력으로 인정받았던 바. 같은 배분의 노승이라면 무허만큼의 강대한 무력이 느껴져야 옳다. 하지만 노승의 모습에는 그런 기세를 찾아볼 수 없었다.

"무정… 사조를 뵙습니다."

법륜의 기감에 무정의 전신이 들어왔다. 역시나. 아무것도 느껴지는 것이 없었다. 무정은 법륜의 탐색하는 듯한 눈동자와 움직이는 은은한 기파에 너무 당연하다는 듯 혀를 찼다.

"허. 어린놈의 새끼가 의심은 더럽게 많구나."

무정은 법륜의 시선을 무시한 채로 법무에게 다가섰다. 자연스레 올라가는 손. 간단한 응급처치만을 했던 법무의 어깨에 닿는 손이다.

작고 주름진 손. 아무것도 느낄 수 없었던 그의 몸에서 짙은 불광이 뿜어져 나왔다. 손에서 뿜어지는 거대한 진기의 흐름에 법륜은 경악했다.

우우웅—

"임시로 근골을 붙잡아놓은 것이니라. 제약원에 꼭 들러 각연에게 꼭 상처를 보이도록 해라. 그나저나……."

무정의 눈이 날카롭게 뜨였다.

"무, 네가 이 상태인데 저놈은 꽤 멀쩡해 보이는구나?"

무정은 법무를 뒤로하고 법륜을 바라보았다. 고의로 기세를 뿜어내는 무정이다. 그의 법명만큼이나 사납고 매서운 기세다. 물러서지 않는 법륜. 무정의 두 눈이 감탄으로 물들었다 사라졌다. 좋다. 어디 한번 보자꾸나.

"네가 무허 사제가 가르친 법륜이라는 아해냐?"

"그렇습니다, 사조."

눈에는 보이지 않는 무형의 기운이 법륜의 몸을 찍어 눌렀다. 가랑비에 옷 젖는다는 말이 있듯이 법륜과 법무, 무정이 서 있는 항마동 한편이 무정의 무형기에 잠식되기 시작했다.

법륜은 숨이 막히는 듯한 착각에 빠졌다. 무형기가 틀림없다. 자고로 무형기란 초절정의 경지에 이른 고수에게나 허락된 초절의 기예.

그를 넘어 절대의 지경에 이르면 의기상인, 말 그대로 마음이 일면 상대를 상하게 할 수 있는 전설상의 경지다. 무정의 무형기는 아주 익숙하고 자연스럽게 법륜의 신형을 덮쳐왔다. 초절정 중에서도 완숙한 경지라는 뜻이다.

법륜의 눈에 오 척 단구에 불과한 무정의 몸이 일순간 탁탑천왕처럼 거대해 보였다. 비사문천의 화신이 된 무정은 작은 체구로 거력을 뿜어냈다.

'이대로는 안 된다.'

법륜은 신공을 끌어 올렸다. 사조인 무정이 자신을 죽일 리 없으니 이 무형기의 발현은 그를 시험해 보려는 의도가 깔려 있으리라. 그렇다면 최선을 다해 보여주면 그만이다.

상대가 무허 사조와 같은 배분이니 실력의 부족함을 알고 뒤로 물러나는 것도 무인으로서 수치는 아니리라. 동시에 법륜의 마음속에 한 가닥 호승심이 생겨났다.

언제까지 그렇게 마음 약한 소리만 할 것인가. 법륜이 목표로 하고 있는 기련신마는 말 그대로 신마. 마귀들이 신이라 불리는 자다.

그런 무인이 평범한 무위를 가지고 있을 리 없다. 게다가 그와 부딪혔을 때 깨져 나간다면 결코 무정이나 법무를 상대했을 때처럼 상처 없이 끝날 리 없다.

이건 기회였다.

기회(機會).

기련신마라는 대적을 만나기 전에 상대해 볼 수 있는 초절정의 고수. 소림에 얼마만큼의 초절정고수가 있을지는 모르지만, 분명한 것은 그가 무정을 이겨낸다면 기련신마를 잡아낼 가능성이 조금이라도 올라간다는 뜻과 같다.

백색의 광휘.

탱화 속 부처의 휘광처럼 법륜의 몸에서 빛이 뿜어져 나왔다. 전진 또 전진. 금강부동보의 보법이 펼쳐졌다. 법륜은 그가 할 수 있는 최선의 움직임을 보였다. 법무 또한 마찬가지.

무정이 근골을 잡아둔 덕에 움직임에 제약이 상당수 사라진 법무다. 그는 즉시 무상대능력의 공력을 발휘했다. 무형의 기운이 법무의 몸에 닿자마자 급격하게 사그라들었다.

그와 동시에 법륜의 보보가 힘차게 움직인다. 일보, 이보. 그리고 그 걸음이 십보에 달했을 때 무정은 무형기를 거두었다.

"무허가 가르치긴 잘 가르쳤군."

무정은 고개를 끄덕였다. 방장인 각선이 원로원으로 찾아와 법륜이란 제자를 부탁한다는 말을 남겼을 때 무허의 품에 안에 안긴 갓난쟁이가 떠올랐다. 시도 때도 없이 울음을 터뜨리던 그 핏덩이가 이렇게 장성해 지금 무정의 눈앞에 서 있다.

"좋다. 방장에게 이야기는 전해 들었으리라 생각하겠다. 내가 무정이다. 무허의 사형이자 네게는 사조가 되겠구나. 그때의 어린 아해가 이렇게 자랐다니. 인간의 생이란 참으로 어렵고 알 수 없는 일이다."

무정은 편안해 보였다. 방금 무형기를 뿜어내 공간을 지배하다시피 한 그 모습과는 사뭇 대조적이다. 그만한 거력을 뿜어내고도 한 점의 흔들림 없이 평온하다는 뜻이다.

초절정에 오른 고수란 이런 것인가. 격의 차이. 법륜은 무정과의 격차에 그저 호승심을 불태울 뿐이다.

"저를 아십니까?"

"알다마다. 네 녀석 똥기저귀를 내 얼마나 갈았는지 네놈은 모를 것이다."

무정의 말에 당황하는 법륜이다.

"아직도 미숙하다. 그깟 말 한 마디에 평정심이 흐트러지다니. 무허가 가르친 게 오로지 무공뿐이구나. 네 눈에 가득한 것이 희뿌연 미혹뿐이니 그간의 공부가 참으로 헛되도다."

"무공에 전념하는 것이 무승으로서 부끄러운 일은 아닌 것으로 사료됩니다만."

초절정의 고수 앞에서도 제 할 말은 다 하고야 마는 법륜이다.

"그래, 무공천하제일. 그것도 좋겠지. 도를 구하는 방법은 수천, 수만 가지이며 그 결과도 그쯤은 되겠지. 무로서 도를 이루는 것도 그중 한 가지. 그렇다지만 네 눈은 심히 위험해 보이는구나. 무슨 생각을 하는 게냐?"

무정은 법륜을 바라보았다.

"음흉한 방장의 아래 어리석은 제자로다. 뭐, 내가 상관할 바는 아니다만."

여전히 알 수 없는 말을 하는 무정이다. 법륜과 법무 모두 침묵할 수밖에 없다. 무정이 쏘아낸 화살이 법무에게로 돌아갔다.

"법무 네놈도 마찬가지다. 눈에 들어찬 것이 무공에 대한 열망뿐이니 다음 대 방장으로서 갖추어야 할 모든 것이 부족하다. 너는 본사로 돌아가 각선을 찾으라. 그가 길을 알려줄 것이다."

새로운 만남. 새로운 인연. 예상하지 못했던 무정과의 만남은 법륜의 마음에 큰 파랑으로 다가왔다.

*　　　　　*　　　　　*

"무공을 가르쳐 주마."

법무를 돌려보낸 무정이 대뜸 꺼낸 말이다. 너무도 당연하다는 듯 꺼내는 말에 법륜의 어안이 벙벙했다.

"왜? 싫으냐?"

그럴 리가 없다. 무허와 같은 수준에 이른 고수가 가르침을 준다는데 어찌 거절할 수 있으랴. 다시없을 기연이 분명하다. 하지만 어째서인지 법륜은 무정의 가르침을 준다는 말이 내키지 않았다. 법륜은 그저 합장으로 감사의 뜻을 전했다.

"무공을 가르쳐 준다고 하셨지요. 방장께서 부탁하신 것입니까?"

"말이 많도다. 그래, 방장이 네 수준을 더 끌어올려야 한다

했지. 네놈이 한번 말해보아라. 이제는 구렁이가 다 되어가는 방장과 네놈이 꾸미고 있는 것이 무엇이냐?"

"그런 것은 없습니다."

"끝까지 의뭉을 떤다라. 이놈이야말로 망종이로고. 내가 정말 몰라서 네게 이리 묻는다고 생각하느냐? 방장은 내게 대환단을 맡기며 너의 이름을 언급했지. 스승을 잃은 어린 제자. 나설 수 없는 소림. 그런 제자에게 주어진 대환단과 이 무정의 가르침. 그 칼끝에 겨눈 것이 누구이더냐?"

법륜은 그런 무정의 단호한 말에 그저 침묵한다. 법륜은 무정을 보았을 때 사문에 어른에 대한 공경이나 반가움보다 걱정이 앞섰다. 그 이유가 여기에 있다.

오랜 시간을 소림에서 수행해 온 사문의 어른들은 법륜의 심중에 품은 비수를 탐탁지 않아 한다. 너무도 당연한 결과이리라.

원로원의 노승들은 무허의 열반에 그저 아미타불 한 마디만 했을 것이다. 그의 죽음이 안타깝고 다시는 볼 수 없는 그 모습이 사무치게 그립겠지만 그저 아미타불 한 마디 독경에 모든 것을 잊을 수 있는 것이 소림이니까.

그런 소림의 원로가 법륜에게 묻는다. 법무가 했던 감정에 솔직해지라는 말이 떠오른 것은 어쩌면 당연한 것이리라. 법륜의 성정상 거짓으로 대답하지도 않았겠지만 그렇다고 사실대로 말할 성정도 아닌 바, 법무의 말 한 마디는 법륜에게 용기를 불어넣었다. 하고 싶은 말을 한다.

"맞습니다. 제 손과 발이, 몸이 머무는 곳은 소림이나 이미 마음은 저 청해성 넘어 기련산맥에 가 있습니다. 기련마신 정고. 그의 목숨을 거두기 위해 방장께 대환단을 청했습니다."

잘못되었다는 것을 알면서도 법륜은 자신이 하고 싶은 말을 했다. 고루한 소림의 방식이, 구파의 허울이 너무 답답했다. 수행이 높아지면 원한 같은 것은 그저 고개를 돌리면 잊히는 것인가. 다른 자들은 어떨지 몰라도 법륜은 절대 그렇게 될 수 없었다.

"끌끌. 소림의 방식이 아니로구나. 마도에서나 행할 수 있는 방법이다. 검선이 가르친 놈도 그러더니. 웬만해선 네놈에게 원한 같은 것은 모두 다 잊고 마음 편히 살라 말해주고 싶다만……."

무정은 하늘을 올려다보았다.

'무허. 무허 사제가 나에게 아주 큰 짐을 넘겨주고 떠났구나. 자네는 극락에 들었는가? 이 늙은 노구가 자네 때문에 말년에 고생길이야. 원한에 사무친 저 아이를 어찌해야 할꼬.'

스르르 감기는 눈이다. 무정은 짧은 시간 동안 무수히 많은 생각을 했다.

먼저 세상을 떠난 사제 무허. 그리고 그가 남긴 제자 법륜.

그런 그를 다시 사지로 소림의 제자를 밀어 넣는 방장. 그리고 그곳이 불구덩이인지도 모른 채 달려드는 어리석은 부나방 같은 법륜까지.

불도에 정진한 지 반백 년이 다 되어가지만 여전히 이 세상은 어렵다. 이 세상에 진리는 가까운 곳에 언제나 함께한다지만 그 진리를 발견하는 것은 지극히 어려운 일. 원한 같은 것은 접어두고 스스로 행복하게 살 길을 찾는다면 좋으련만. 법륜 저 아이가 그 진리를 알았으면 어떠했을까.

"끌끌. 아주 지랄 맞은 운명이로고."

법륜은 여전히 그런 무정을 보며 서 있을 뿐이다.

"그래, 이놈아. 네놈 하고 싶은 대로 하거라. 무허에게 배운 것, 전부 펼쳐봐라. 네게 줄 가르침은 그것을 보고 결정하마."

결국 한발 물러선다. 자신은 그저 수행에만 전념하면 된다. 소승. 많은 중생을 구제하는 대승의 도는 아니지만 눈에 보이는 한 사람이라도 살리면 그만이다. 더 많은 업을 쌓을지도 모르나 그것은 내세에 걱정할 일.

지금은 그저 눈앞에 제자에게 집중하기로 한 무정이다.

그간 배웠던 것들을 하나씩 풀어내는 법륜이다. 소림의 기본공에서부터 칠십이종절예를 거쳐 무상의 신공까지 풀어냈다.

무정과의 만남이 불편하기만 했던 법륜이다. 언제나 자신을 안타까운 눈으로 바라보는 노승. 그런 노승의 눈빛은 법륜에게 계속해서 아련한 추억을 불러 일으켰다.

무허.

무정이 법륜에게 보여주는 눈빛은 언젠가 누군가가 그에게 보여주었던 한없이 자애로운 눈빛과 닮아 있었다.

무정이 법륜에게 보여주는 눈빛에는 언제나 걱정이 한가득이다. 무허 또한 그러했다. 우물가에 내어놓은 아이처럼 법륜을 어린아이 그 이상으로는 보지 않는다. 저 스스로가 승려임에도 제 품에서 자라난 아이는 승려로 보지 않는 것일는지.

"그것이 운명이라면."

법륜은 그저 그 사실을 받아들였다. 그리고 인정했다. 무정이 무허와 같은 눈빛을 보내는 것에 대해서도, 그가 짊어져야 할 운명에 대해서도 그저 순응했다.

순리대로 흘러가는 운명 속에서 그저 최선을 다할 뿐이다. 그게 법륜이 유일하게 할 수 있는 일이었다. 법륜은 이 년에 가까운 시간 동안 항마동에 머물렀다. 방장 각선과 약속한 기한이 일 년 남짓 남았다.

사별삼일즉갱괄목상대.

선비는 헤어져 사흘 만에 다시 만나게 되면 눈을 씻고 다시보아야 한다는 고사. 동오의 명장 여자명이 그러했던 것처럼법륜의 하루도 매일매일이 달랐다.

이 년 전에 비해서 내력의 성장이라든지 큰 깨달음과 같은 큰 성장은 없었다. 다만 나날이 정교해지는 초식과 내력의 수발만이 법륜의 지난 이 년이 헛되지 않았다는 것을 보여주었다.

법륜은 무정의 가르침을 받아 각 무공의 내력 운용과 초식 수발을 섬세하게 교정하는 작업을 거쳤다. 처음 일 년 동안은 본래 소비했던 내력의 소모를 줄이고 동일한 위력을 내기 위해 노력했다.

적은 힘으로 큰 힘을 내는 묘리. 무당이 자랑하는 사량발천근 같은 기예는 아니었지만 무정의 가르침은 과하게 낭비되던 내력의 소모를 줄이는 데 큰 도움이 되었다. 그 수련의 효과는 분명했다.

법륜이 합장한다. 두 손이 부드러운 원을 그리고 이내 힘차게 뻗어나간다. 백보신권. 십보 이내에서만 위력을 발휘했던 백보신권은 이제 이십보를 앞에 두고 일점을 향해 날아간다.

그럼에도 힘을 잃지 않는다. 내력의 양이 부족해서 백보를 격하지는 못하지만 그 위력만큼은 다른 절정의 고수가 펼치는 백보신권에 비해 결코 뒤쳐지지 않았다.

다시 돌아오는 한 번의 일 년은 법륜으로 하여금 무공이 갖는 의미에 대해 깊게 생각할 수 있는 시간이었다. 무정이 지난 일 년의 수련을 온전하게 법륜에게 일임했다면, 이번 일 년의 수행은 사사건건 참견하기 일쑤였다.

무공이란 무엇인가. 흔히들 말하는 창과에 그칠지. 싸움을 멈추는 힘이 무공인 것일까. 무정은 무공의 도리에 대해 설명할 때 의외로 단호한 모습을 보였다.

나이에 비해 가진 무력이 높아져만 가는 법륜에 대한 걱정에서였을까. 무정은 애당초 법륜이 가질 수밖에 없는 모순을 미연에 차단하려고 애썼다.

"싸움을 멈춘다? 어불성설이다. 애초에 싸우지 않으면 그만이야. 무공이란 본디 타인을 상하게 하는 힘이다. 상대의 칼을 꺾고 살과 뼈를 가르는 것, 그것이 무공이다. 소림도 그와 같다. 건강을 위한 양생에서 시작한 소림의 무공이지만 그 근본은 다르지 않아. 스스로가 승려임을 생각해 손에 사정을 두다 보면 땅에 눕는 것은 네가 될 것이다. 그 본질을 정확하게 알아야 해. 그래야만 앞으로 나아갈 수 있다."

소림의 무공과 본질.

승려로서의 본분과 무인으로서의 본분.

소림 무학의 본질도 상대를 제압하는 데 의의가 있다. 다만 상대를 어떻게 하면 덜 상하게 제압하는가에 초점을 맞출 뿐이다.

승려로서의 본분과 무인으로서의 본분도 이와 같다. 살생을 금하는 불교의 가르침은 적에게 무공을 펼치는 데 큰 제약을 가져온다. 중도 사람이다. 무인도 사람이다. 사람인 이상 생명은 소중히 해야 한다. 그것이 자신의 생명이어도 마찬가지다.

죽이지 못하면 죽을 수밖에 없는 강호의 법칙에서는 그 누구도 자유로울 수 없다. 무정은 이제 그 누구보다 법륜이 죽기를 바라지 않기에, 형로를 걸어갈 법륜을 위해 궤변에 가까운 논리를 설파했다.

소림의 다른 원로가 보았다면 파계를 면치 못했을 정도의 파격이었다. 승려로서 살업을 쌓아야 하는 법륜을 걱정한 법륜만을 위한 가르침이었다.

하나 이를 알지 못했음인가. 끝내 법륜은 커다란 모순을 느끼고 무정에게 답을 구한다. 스스로의 운명에 순응하여 소림의 암중살검이 되기로 결심한 법륜이다.

그럼에도 무정의 가르침과는 별개로 법륜 스스로가 승려라고 굳게 믿고 있는 바. 언제나 불도와 무공만을 구하는 자세로 하루를 임하는 법륜임에, 무정의 가르침은 그에게 커다란 혼란을 불러왔다.

"사조, 승려도 사람이니 제 목숨을 소중히 해야 한다고 하셨지요. 하나 애초에 싸우질 않으면 그만인데 어찌 승려의 입으로 살업을 그리 쉽게 담을 수 있단 말입니까?"

"이 비루먹은 망아지 같은 새끼야. 이것은 네 녀석만을 위한 가르침이니라. 스스로 살업을 저지르겠다며 방장에게 뛰어간 놈이 어디서! 스스로가 땡중임을 자처했으면 너는 그저 땡중일 뿐이야."

그제야 납득하는 법륜이다. 무허를 제외하고 지금껏 보아온 그 어느 누구보다도 불법에 대한 이해가 깊은 무정이다. 승려로서 입에 담기도 어려운 불경한 가르침을 내리는 것도 모두 자신의 결정 때문이리라.

"감사합니다."

사문의 어른에게 감사의 말을 올리는 것이 어찌 그리 어색할까. 법륜은 진심으로 고개를 숙였다. 아마 무정의 가르침이 없었다면 지금의 경지에 도달하는 데 배에 가까운 시간이 걸렸을지도 모른다.

또 무정의 궤변에 가까운 가르침이 아니었더라면 강호에 나서자마자 협의의 탈을 쓴 악인의 칼에 한 줌 핏물이 되었을지도 모른다. 법륜은 마음을 독하게 먹기로 했다.

"그래. 네가 그간 얻은 것들을 말해보아라."

법륜은 잠시 생각에 잠겼다. 그 누구보다 법륜의 무공에 대해 속속들이 잘 아는 무정이다. 어쩌면 열반에 든 무허보다도. 이렇게 확인하듯이 갑작스레 물어볼 사안이 아닌 것이다. 무공에 대해 떠올리면서도 법륜은 다른 말을 하고 있는 자신을 발견했다.

"사조. 사조를 얻었습니다."

무허는 그제야 만족한다는 듯 빙긋 웃음 지었다.

"그래. 이제야 때가 되었구나."

무정은 품에서 목함을 꺼내 들었다. 법륜. 그가 그토록 바라던 대환단이 눈앞에 있었다.

"대환단의 약력은 지독하다. 그 힘은 경세적인 것이니, 범인이 사사로이 다룰 수 없음이다. 각선이 대환단을 네게 건네지 않고, 내게 맡긴 것도 그 이유이니라. 네가 익힌 반야신공은 어디쯤 왔느냐."

반야신공.

칠성을 넘어 팔성에 다다른 반야신공이다. 하지만 법륜은 이미 성취에 대해서는 잊어버린 지 오래다. 내력은 본디 그렇게 몇 성, 몇 층으로 나눌 수 있는 것이 아니다. 그저 깊어만 가는 것. 상상했던 모든 바를 이룰 수 있게 해주는 힘.

그것이 바로 내력이다. 법륜은 몇 차례 경험을 통해 그 사실을 여실히 깨달아가고 있었다. 절정의 초입에서 내공을 흩어내고 다시 단련하여 단단하고 끈끈하게 뭉친 일. 초식의 정교함을 위해 내력의 수발을 가다듬었던 일.

모두 이와 같다. 그간 알고 있었으되 깨닫지 못하고 있었을 뿐이다.

그에 법륜이 답한다.

"원하는 바를 이루기에 충분합니다."

"이제야 진정으로 때가 되었음이다."

시험이라면 시험일까. 무정의 얼굴은 흡족해 보였다. 그 한 마디 말에 비로소 자격을 갖춘 법륜이다. 이 년이라는 시간이 흘러서야 그때가 되었다.

법륜은 가부좌를 튼 채 눈앞에 놓인 대환단을 바라보았다. 자신에게 멈추지 않을 칼날을 선사할 물건을 바라보며 법륜은 갈등에 빠졌다.

그토록 원했으나 지금에 와서는 갈등에 휩싸이게 만드는 물건. 원하는 바를 이루기에 충분하다는 말은 그저 한 말이 아니었다. 언제가 될지는 모르나 이대로 수련에 매진한다면 언젠가는 법륜에게 자격이 주어질 것이다. 그때가 되면 기련 마신을 잡아낼 수 있을 거라는 확신이 법륜에게 있었다.

지닌 무공이 그렇게 말해주고 있었으니까.

오감을 넘어서 육감의 경계에 들어서는 법륜이다. 무상의 신공, 반야진기가 혈맥을 도도하게 흐른다. 확실히. 소림의 무공은 그렇게 말할 자격이 충분하다.

반대로 저 영약을 입에 넣는 순간 돌이킬 수 없는 길을 가게 된다. 복수를 행하지 말라는 무허의 유지가 손에 잡힐 듯 아련하게 들려왔다. 또 소림의 칼이 되어 기련신마의 목을 베고 강호에 군림하라는 각선의 제안도 어렴풋이 떠올랐다.

그런 법륜을 보면서 무정은 그의 갈등을 짐작했다.

"이제 와서 무엇을 고민하는가. 무허의 유지 때문이냐, 그도 아니면 방장의 제안 때문이냐. 그것을 고민하기엔 이미 너무 늦었다. 네가 방장을 찾아갔을 때부터 이미 정해진 일이야."

무정의 목소리가 매섭게 법륜을 질책했다.

"이미 기호지세다. 네가 여기서 벗어날 수 있는 방법은 단하나뿐이야. 네가 소림에서 받은 모든 것을 내려놓는 것뿐이다. 선택에 신중을 기하기에는 이미 너무 늦었어. 네가 한 선택에 머뭇거리지 마라."

법륜은 눈을 질끈 감았다. 무정의 말이 맞다. 소림의 칼이 되기로 한순간부터 정해진 일이다. 시간이 흘러 그의 손에 대환단이 쥐어질 것이라는 것, 자신이 방장을 찾아가 한 약속이지 않은가.

법륜은 갈등을 털어냈다. 손에 들린 목함이 열리자 신비로운 향기가 코를 찌른다. 무가지보 대환단. 복용하는 즉시 무공을 모르는 일반인에게는 무병장수의 삶을, 무인에게는 엄청난 내력을 선사해 준다는 불가의 영단. 법륜은 대환단을 입에 털어 넣었다.

'무허 사조. 사조의 유지는 지키지 못할 것 같습니다. 하나 사조가 평생 지키려 했던 협의지도만큼은 반드시 지켜내겠습니다. 지켜봐 주세요.'

"운기하라. 내가 돕겠다."

무정의 목소리가 꿈결처럼 들린다. 대환단은 말 그대로 장난이 아니었다. 입에 들어가는 순간 녹아내려 배 속을 뜨겁게 달궜다. 영단의 기운이 온몸으로 퍼져 나가는 것이 느껴졌다.

이에 즉시 운공에 드논 법륜이다. 처음에는 당황한 듯 머뭇거렸으나 반야진기가 움직이자마자 운공의 삼매경에 빠져든다.

대환단의 약력은 엄청났다. 경세적이라는 무정의 표현 말고는 달리 생각나는 단어가 없었다. 법륜이 지닌 내공이 자그마한 강줄기라면, 대환단의 기운은 거대한 장강의 물결과 같다.

처음 보는 이는 바다라고 착각할 정도로 거대한 장강의 물결처럼, 내력의 파도는 거침없는 힘이 되어 법륜의 혈맥을 누비기 시작했다.

'흐읍!'

혈관이 튀어나오고 온몸이 벌벌 떨렸다. 대환단의 약력은 막연하게 상상했던 것 이상이었다. 반야신공을 극성으로 전개하고 있는데도 힘에 부쳤다.

제어하지 못한 진기가 그대로 혈맥에서 분탕질을 치고 야생마처럼 달려 나간다. 엄청난 고통이다. 그때 명문혈에서 새로운 거력이 쏟아져 들어왔다.

무정의 진기다. 무정의 진기가 들어오자 법륜의 몸은 반야진기, 대환단의 약력, 무정의 진기로 삼파전이 벌어졌다. 주도권을 빼앗기면 몸이 터져 나간다는 생각에 법륜은 더 집중했다.

관조.

이것을 관조라고 부를 수 있을까. 법륜은 자신의 몸속에서 벌어지는 일들이 생생하게 느껴졌다. 영단의 기운은 아직까지 반야진기를 따라 기경팔맥과 임독양맥을 누비며 질주하고 있었다.

완벽하게 개방해 온전한 대주천을 이루었다고 생각했던 경락들을 상상할 수 없었던 크기로 늘리고 단단하게 굳힌다. 그러고도 여력이 남았는지 계속해서 그 범위를 넓혀갔다. 그 고통이 너무 커 절로 신음이 흘러나왔다.

그 뒤를 이어 무정의 진신 내력이 뒤를 쫓는다. 혈맥에 잔류해 몸을 상하게 하는 기운을 붙잡고 법륜이 이끄는 반야진기를 쫓는다. 혈맥에 남아 있던 영단의 기운이 상당했는지 혈맥을 하나, 둘 거칠 때마다 그 크기가 기하급수적으로 불어났다.

일주천.

이주천.

삼주천.

십팔주천을 완성했을 때 반야신공의 기운이 영단의 기운을 이끌며 스스로 순환하기 시작했다. 법륜은 그 모습에 반야진기의 구결을 따라 도인하던 내력의 제어를 멈추어 버렸다.

스스로 순환하게 둔다.

세 가지의 내력이 법륜의 단전을 거쳐갈 때마다 단전의 크기도 커져만 갔다. 이제는 앞서거니 뒤서거니 서로를 쫓는 게 아니라 감아놓은 명주실타래처럼 세 가닥으로 똬리를 튼 기운이 혈맥을 지난다. 그 과정에서 법륜의 진기도, 영단의 기운도, 무정의 내력도 하나로 합일된 진기가 되어 흐른다.

이것을 반야진기라고 불러도 되는 것일까.

법륜은 하나가 된 세 가지 기운을 계속해서 도인했다. 그 속도가 무척 빨라 찰나의 순간에 두세 개의 혈맥을 지나쳤다.

마침내 계속해서 혈맥을 돌던 기운이 둘로 갈라졌다. 그중 상대적으로 적은 양의 진기가 전신 세맥을 막고 있던 탁기를 밀어내며 법륜의 몸 밖으로 노폐물을 배출했다. 그러고도 여력이 남아 법륜의 전신 세맥을 누비다 잠든다.

한편 갈라진 기운 중 커다란 기운이 기해혈로 스며들었다. 단전에 들자마자 아직 완전하게 합일되지 못한 기운이 법륜의 반야진기와 힘겨루기에 들어갔다.

끈끈하고 단단해진 기운이 아니었다면 상황이 역전되어 기혈이 역류했을 위기가 여러 차례다. 법륜은 합일된 진기 중 일부러 날뛰는 진기를 넓게 감싸 안았다.

그 기운만을 가지고 다시 운기한다. 그 과정에서 다시 반야신공에 녹아드는 기운이다.

얼마의 시간이 흘렀을까.

법륜 스스로도 몇 번의 행공을 했는지 모를 만큼의 시간이 흐르고 나서야 내력이 잠잠해졌다. 소림의 무상 신공인 반야신공이 있었고, 초절정고수인 무정의 도움이 있었지만 온전하게 흡수한 것은 칠 할이 채 되지 않았다.

나머지 삼 할 가량은 세맥에 잠들었다. 언젠가는 모두 흡수할 수 있겠지만 단전이 이미 포화 상태에 든 이상 특별한 계기가 없이는 흡수가 불가능할 터다. 아마 초절정의 경지에 들면 수습할 수 있지 않을까라는 막연한 생각만이 법륜의 뇌리에 남았다.

법륜의 운공을 도운 무정은 무척 지쳐 보였다. 사나운 목소리도 한풀 꺾여 온순했다. 내력의 사할을 희생해 법륜의 운공을 돕는 것에 사용한 무정이다. 본원진기라 불리는 내력의 씨앗을 법륜의 몸속에 심었다.

쉽게 회복할 수 있는 내력이 아니다. 오랜 시간 무정이 쌓아온 기의 결정체다. 법륜은 그런 무정의 세월을 아귀처럼 먹어치운 것이다. 아마 몸을 추스르는 데 상당히 오랜 시간이 걸릴 것이다.

법륜도 그 사실을 너무 잘 알았다. 무정의 진기가 반야진기와 합일해 단전에 잠들지 않았는가. 법륜은 그저 죄송스러운 마음뿐이다.

무인에게 내력이란 병장기와 같은 같다. 오랜 시간 갈고 닦을수록 깊어지고 정교해진다. 무정은 그런 내력을 법륜에게 넘긴 것이다. 법륜은 무정의 도움이 아니었다면 과연 무사히 대환단을 흡수할 수 있었을지 확신할 수 없었다.

그런 법륜을 보며 무정은 달리 생각했다. 무공에 대한 집착이 광인에 가까운 법륜이니 대환단의 약력을 전부 흡수하지 못함에 실망한 것이라 생각했다.

"온전히 흡수하지 못할 것이라는 걸 충분히 예상하지 않았느냐. 나머지는 시간을 두고 천천히 수습해라. 당분간은 불어난 내력에 고생 좀 할 게야. 그 내력에 맞게 초식을 전개하는 데 힘써라. 한동안은 홀로 연마하라."

무정은 지친 얼굴로 떠나갔다. 한동안은 그를 보지 못할 것 같다는 예감이 강력하게 들었다. 법륜은 그런 무정의 뒷모습을 바라보며 합장했다. 그것이 법륜이 할 수 있는 모든 것이었다.

*　　　　*　　　　*

그날따라 아주 이상한 예감이 들었다. 법륜은 무공을 전개하다 말고 고개를 들어 하늘을 바라보았다. 대환단의 약력을 흡수하고 무공을 다듬은 지 육 개월.

그 육 개월 동안 항마동에 법륜을 찾아온 객은 한 명도 없었다. 무정 또한 몸을 추스르는 데 상당한 시일이 걸리는 듯 그저 공양을 위한 벽곡을 옮기는 승려를 통해 괜찮다는 짧막한 서신만을 전달했을 뿐이다.

하지만 오늘, 법륜은 누군가가 자신을 찾아올 거라는 강력한 예감이 들었다.

오감을 넘어선 육감.

법륜의 육감은 이제 그의 오감만큼이나 신뢰할 수 있는 수준에 이르렀다.

법륜은 점차 인간의 태를 벗어나고 있었다. 오랜 시간 수행에만 매진한 고승에게서나 볼 수 있는 풍모가 법륜의 얼굴에서 드러나기 시작했다.

만류귀종이라.

무정이 말했던 도에 이르는 수천, 수만 가지의 갈래가 종국에는 하나로 모여든다는 그 말처럼 무공에만 매진한 법륜에게도 그 길이 찾아왔다.

불가의 무공이란 그런 것인지. 오감을 넘어선 육감과 상대의 마음을 꿰뚫는 타심통까지. 불가 무학의 결정체가 법륜의 몸에 깃들기 시작했다.

그런 법륜의 예감은 정확했다. 항마동 마인들의 점심 공양이 끝나갈 무렵, 법륜의 육감처럼 손님이 찾아왔다.

법무. 이 년 전 그날 보았을 때와 같은 미소를 짓는 모습이다. 아니, 같지만 다르다. 법륜은 법무에게서 아무런 기운도 느낄 수 없었다. 완벽에 가까워지는 공(空).

지난 이 년 간 많은 것을 비워낸 듯한 모습이다. 안으로 갈무리된 기세. 과거의 법무가 온몸으로 소림의 무승임을 표현했다면, 현재의 법무는 그저 불도에 정진하는 불제자로만 보였다.

공의 도리로 펼쳐내는 무상대능력이 궁금해지는 법륜이다.

또 있다.

오랜만에 보는 얼굴, 무심철곤 각문이다. 세월을 빗겨간 듯 여전히 철탑 같은 몸에 무심한 표정이다. 얼굴에 진 주름이 조금 늘었을 뿐, 손에 들린 철곤에서는 여전히 천근에 이르는 기세가 느껴졌다.

사람은 제자리를 찾아간다고 했던가. 그 누구보다 무심철곤이란 별호에 어울리는 사숙이다.

"그간 별래무양하셨습니까. 사숙, 그리고 사형."

일일이 예를 표하는 법륜. 오랜만에 보는 얼굴들이다. 무정이 자리를 비운 지 벌써 육 개월이니, 그간 묵언수행을 하듯 생활해 온 법륜이다. 소림 무예의 화신인 양 무도의 세계에 흠뻑 젖어 시간을 잊어왔던 법륜이기에, 오랜만에 만난 사숙과 사형을 대함에 반가움을 감출 수 없었다. 빙긋 웃음 짓는다. 그 모습에 법무는 흡족한 표정이다.

"사제도 역시 별래무양했는가. 그리 훈훈한 미소라니 참으로 보기 좋군."

"대사형만 하겠습니까. 한데 여기까지 어쩐 일이십니까?"

겸양의 말이다. 이제야 사람 대하는 법을 알아가는 법륜이다. 내면의 성숙. 지난 이 년간 무정과 부대끼며 배운 것이다.

인간지도.

인간으로서 갖추어야 할 것들을 배운 시간이었다. 강하기만 하면 부러진다는 이치를 알게 된 법륜이다. 무정과 무공에만 몰두했던 시간에 찾아온 변화였다.

"그저 사제의 얼굴을 보러 왔다면 좋겠음이나, 오늘은 달리 용무가 있어 왔다네."

"용무라 하심은……."

"항마동. 마인에 관한 것일세."

법무는 자연스럽게 봉마암으로 걸음을 옮겼다. 그제야 자신의 실수를 눈치챈 법륜이다.

"제가 눈치가 없었군요. 홀로 생활하다 보니. 안으로 드시지요, 사숙. 사숙도 함께 드시지요."

걸음을 옮겨 서탁에 마주 앉은 세 사람이다.

"홀로 생활하다 보니 부족함이 많습니다. 차 한 잔 대접해 드리기가 힘이 드는군요."

"괜찮다. 법무 사질, 그보다 일을."

바로 용건에 든다. 왠지 긴 이야기가 될 것 같았다. 법륜은 조용히 법무의 열리는 입에 경청했다.

"항마동은 본디 세상을 어지럽히는 마인을 잡아 가두고 소림의 불법으로 마인들을 교화시키는 역할을 해왔다네. 마인들이 저지른 악행에 비례해 그 기간이 짧게는 십 년, 길게는 삼십 년까지 면벽 수행을 하게 해왔지. 이번에 마인들 중 하나가 기나긴 수행 끝에 항마동에서 벗어난다네. 사숙과 내가 이곳에 온 이유는 그를 데려가기 위함일세."

항마동.

구파의 수좌 격인 소림에서 내세운 마인의 교화 시설. 기실 교화 시설이라는 말에는 어폐가 있다. 억지로 붙잡아온 마인들의 무공을 폐하고 면벽을 강요한다고 수행이 될 리가 없다. 그럼에도 소림은 했다. 법륜 또한 잘 알고 있는 사실이다.

필요악.

법륜이 생각하기에 항마동은 강호의 필요악이었다.

소림의 이름을 앞세워 끝까지 저항하는 자는 죽인다. 체념하고 목숨을 구걸하는 자는 잡아 가둔다. 자신들만이 옳은 것인 양 행동한다.

구파의 방식이다.

법륜은 이에 묘한 동질감을 느꼈다. 소림의 암중살겁. 잘못되었다고 생각했던 소림의 행태가 자신이 가고자 하는 길과 무엇이 다른지. 법륜의 표정이 점차 굳어갔다.

"사형, 그 말씀은."

"그만. 우리도 잘 알고 있다."

더 이상 법륜에게 생각할 여지를 주지 않는 각문이다. 그도 잘 알고 있다. 말이 안 된다는 것을. 그럼에도 했어야만 하는 일이었다, 믿는 각문이다.

"항마동은 예전부터 있었어. 우리 각 자 배분의 제자들이 겪어온 힘들다는 그 시절보다 한참 전부터. 그 당시의 항마동은… 분명 지금과는 달랐겠지. 마인들을 제대로 교화하고 끝내는 마음을 고쳐먹고 소림의 승려가 되어 혁혁한 불공을 세운 마인들도 있었다. 하나."

"지금은 다르다는 말이군요."

고개를 끄덕이는 각문이다. 그 역시 항마동이라는 소림의 어두운 일면에 대해 누구보다 잘 알고 있는 사람 중 하나다. 이건 교화가 아니다. 그저 감금에 더 가까운 일이니, 과거의 목적이 어떠했는지는 모르나 현재는 없어져야 할 것이 분명한 장소다.

"방장께서는 아무 말이 없으셨습니까?"

법륜의 물음에 침묵하는 두 사람이다. 무허의 소림과 각선의 소림, 그리고 법륜이 그리는 소림이 모두 다르다. 법륜의 소림은 그 어느 무파보다 공명정대한 정도의 무문이었다. 하지만 방장의 생각은 다른 모양인지. 피안이라. 고개를 돌리면 그만이란 말인가.

"어쩔 수 없는 일이다. 마인 하나를 가두면 수십, 수백에 이르는 생명이 산다. 항마동이 과거와 달리 변질되었다고는 하나, 인명을 존중하는 사찰에서 그 정도면 충분한 명분이 되리라 생각한다."

"그렇군요. 그런 것이로군요."

납득했는지, 아니면 하지 못했는지. 법륜은 그저 고개만 끄덕였다. 이제 육 개월이 지나면 법륜은 소림을 나서야 한다.

소림의 이름 아래 무수히 많은 피를 흘려야 한다. 스스로 다짐한 바가 아니던가. 이것은 파계나 다름없다. 그 이름만 붙이지 않았을 뿐이지, 돈을 받고 사람의 목숨을 취한다는 낭인들과 다를 것이 무엇인가.

몇 년 후 항마동에 들어야 할 사람은 자신일지도 모른다 생각하는 법륜이다.

"그래서 누구를 데리러 오셨습니까?"

더 이상 말을 섞고 싶지 않았다. 심중에 감춰둔 속내가 끝끝내 드러날 것 같아서 법륜은 말을 아꼈다. 법무는 법륜의 침묵에 동의했다. 자신은 소림에 행사에 아무런 감정도 들지 않는 무뢰배인 것인가, 아니면 그저 눈을 감고 가시밭길을 걸어가는 고승의 흉내를 내려는 것일까. 법무는 눈을 감고 답했다.

"해천. 그의 이름은 해천이다. 과거 천주신마를 따르던 팔요마 중 일인이며, 지난바 독술과 무공이 저 사천의 명문, 당가에 비견된다는 마인이다. 이십여 년의 수행… 끝에 그는 이제 밖으로 나갈 자격을 갖추었다."

"알겠습니다. 가시지요."

역시 말을 아끼는 법륜이다. 세 사람은 봉마암에서 나와 항마동의 입구를 향해 움직였다. 고개를 드니 '항마'라는 글자가 여전히 용사비등한 필체로 새겨져 있었다.

법륜이 두 글자를 처음 보았을 때 얼마나 놀랐는지 모른다. 오 장의 높이에 저 정도 크기의 글자를 세기기 위해 얼마나 많은 노력을 겸했을까. 작은 역사나 다름없다.

하지만 이제는 안다. 저 글자는 여러 명의 힘으로 쓰인 것이 아니라는 것을. 강기를 부리는 초절정의 경지를 넘어선 절대의 고수가 단 일합으로 쓴 글자라는 것을.

그 당시의 강력한 무인이 새긴 글자. 그렇게 강력한 무인마저도 항마동이라는 것을 만들어야 했을 만큼 악인이 넘쳐났던 것일지. 지금에 와서는 알 수 없는 일이다.

법륜과 각문, 법무는 항마동 내부로 들어섰다. 자연적인 동혈에 인공의 공을 가미한 내부. 기다랗게 뻗은 석굴에 다시 개미집처럼 방을 이룬 미로와 같은 모습이다.

"해천이라는 자는 어디에 있습니까? 전부 방에 붙은 번호로만 부르니 그가 누구인지 알 수 없군요."

"그는 십오다. 그곳에서 이십 년을 보냈다."

뚜벅거리는 소리만이 고요한 동굴 속에 울려 퍼졌다. 이십년이라. 잔인한 형벌이다. 대관절 무슨 죄를 지었길래.

이윽고 십오라고 쓰인 작은 명패가 붙은 방 앞에 섰을 때 법륜은 직감했다.

이 문을 열면 무언가 바뀔 것이라고. 새로운 경지로 뻗어나가는 육감이 그렇게 법륜에게 말했다.

*   *   *

해천은 저 멀리서 다가오는 발걸음 소리를 들었다. 이미 세월을 잊은 지 오래. 그토록 고대하던 순간이 다가왔음을 직감했으나 해천은 무감각했다.

너무 오랜 세월을 이 동혈 속에서 살았다. 자신의 나이 고작 스물셋에 소림의 항마동에 들었으니 인생의 반을 이곳에서 보낸 것이나 다름없다.

천독요.

지난바 독술이 대단한 경지에 올라 천독을 다룰 수 있다고 일컬어졌던 자신이다. 나이 스물셋에 구파의 무인 기십을 독수에 파묻었으니 그들이 갖는 원한이야 충분히 이해한다지만, 서로의 잘잘못을 따졌을 때는 이야기가 달랐다.

그러나 이제 와서 무슨 의미가 있을까. 자신의 사명은 그때 주군이었던 천주신마의 명을 이행하면서 그 끝을 다했다.

해천은 이십 년 전 주군의 모습을 떠올리려 노력했다. 호방한 성품, 잘생긴 얼굴은 강산이 몇 번이고 변했을 시간에도 잊히지 않았다.

다시 볼 수 없는 얼굴이다.

다만 해천은 기대했다. 주군이 세상에 남긴 아이. 자신의 손으로 소림에 인도한 그 아이, 호정. 그 아이의 얼굴이 그와 같을 것이라고 믿었다. 소림에 맡겼으니 머리를 깎았겠지만 한눈에 알아볼 수 있을 것이다.

그리고 자신을 가둔 벽이 사라졌을 때 해천은 보았다. 그 당시 작고 작았던 아이가 세월을 뛰어넘어 자신 앞에 서 있음을.

제사장(第四章)

야차(夜叉)

　법륜은 십오라 붙은 명패를 걷어내고 벽을 열었다. 오래전 기관으로 만들어진 이 항마동이 아직까지 제 기능을 다 하고 있음을 보여주었다. 신기한 일이다. 굉음을 내며 벽이 점차 올라갔다.

　공양을 위해 항마동에 들었으되, 말 그대로 공양을 위한 길만을 걸었던 법륜이다. 항마동의 내부는 처음 보는 것이었다.

　내부는 황량했다. 방은 네모반듯하게 깎아낸 듯 작았고, 환기를 위해 문 반대편에 작게 창을 내어놓은 구조다. 그야말로 몸만 간신히 뉘일 수 있을 정도의 공간이다.

작게 내어놓은 창으로 낮과 밤이 뒤바뀌는 것을 바라보는 심정은 어떨지. 법륜은 내부로 들어섰다.

"십오(十五), 해천. 본인이 맞소?"

해천이라 불린 이의 모습은 기괴했다. 이십여 년 동안 빛 한 점 보지 못했는지 새하얀 피부에 수염과 머리가 산발해 있다. 이십 년의 세월을 보냈다더니 그에 걸맞는 몰골이라는 생각이 들었다.

"다시 묻겠소. 십오, 해천이 맞소?"

"호정······?"

"호정? 이름이 호정이란 말이오? 법무 사형, 여기 이분이 해천이라는 분이 맞습니까?"

해천은 침묵했다. 두 눈동자가 복잡해 보였다. 경전을 벗하며 빛 한 점 들지 않는 동혈에서 옥살이에 가까운 삶을 살았으나, 이지만큼은 확실하게 잡혀 있는 해천이다.

절정의 경지에 올랐던 무인의 강대한 정신력이 함께한 세월이다. 어찌 잊을 수 있으랴. 천하를 질타하던 기상과 기품이 보였다. 주군과 같다. 너무나도 닮은 기질과 얼굴에 해천이 확신하게 했다. 해천은 빠르게 생각을 정리했다.

'감추어둔 모양이군, 소림.'

"맞소. 내가 해천이오. 그리 묻는 공자의 이름은 무엇이오?"

승려가 아니라 공자다. 여전히 법륜을 천주신마의 분신으로 여기고 있는지.

"공자라니 당치 않소. 내 법명은 법륜이오. 부르려거든 그리 부르시오."

스스로가 승려임을 다시 한번 자인하는 법륜이다. 해천은 그런 법륜을 보며 역시라는 표정을 지었다. 이 어린 승려도 자신이 승려임을 분명히 하지 않는가.

한번 정해진 일은 뒤를 돌아보지 않는다.

그 역시도 그랬다. 한눈에 알 수 있었다. 천주신마, 유정인의 가르침을 받지 못했어도 그 무엇보다 진한 혈통은 이어진다.

"미안하오. 법륜 대사. 내 오랜 세월을 홀로 있다 보니 말이 헛 나왔나 보오, 허허."

"대사라니 당치 않소. 쓸데없는 이야기를 하려면 빨리 나가시오. 사형, 어서 이자를."

"이자를 인도하는 것은 내가 아닐세, 사제. 사제 자네가 해야 해. 방장께 가면 모든 이야기를 들을 수 있을 걸세. 궁금한 점이 많겠지만 이는 오래전부터 약속되었던 것. 사숙과 함께 가시게. 이 사형은 사제가 자리를 비우는 동안 항마동을 돌아볼 터이니."

법무의 음성은 담담했다. 조용히 기관을 움직여 열렸던 문을 닫는 법무다. 항마동에 감금된 십오와 법륜의 관계를 듣고 얼마나 놀랐던지. 아마 그가 다음 대 방장으로 내정되지 않았다면 알 수 없었던 일이리라.

일만 겁의 시간이 흘러야 겨우 부자지간이나 사제지간이 될 수 있다는 불도의 가르침 아래, 서로가 만나 서로의 목숨을 구명하고 이십 년의 세월을 격해 이곳에서 다시 만나려면 대체 얼마나 많은 인연을 쌓아야 할까. 그저 놀라울 뿐이다.

"아미타불."

법륜은 법무의 불호성에서 진한 안타까움을 느꼈다. 극도의 절제 속에서 내뱉은 불호성에 담긴 여러 상념이 그대로 느껴지는 듯했다. 어째서 안타까워하는가. 해천이라 불리는 이 남자의 사연이 그러한 것일는지.

그렇다면 왜 자신은 이 해천이라는 남자를 방장께 인도해야 하는지 도무지 풀리지 않는 의문이다. 그간의 깨달음이 무색할 정도로 법륜은 혼란스러웠다.

"법륜 스님, 궁금한 것이 많겠지요. 또 혼란스럽기도 하고. 방장께 당도하면 이 해 모가 그 궁금증을 모두 풀어드리겠소. 그러니 조금만 참아주시오."

옛 주인의 자식 옆에 선 자신의 모습이 낯설게, 또 익숙하게 느껴지는 해천이다. 강력한 무력을 잃고 생명을 얻었다. 그가 얻은 생명은 자신의 것이 아니다.

옆에 선 젊은 스님의 생명이다. 예정되었던 오랜 시간의 약
조가 눈앞에 헌양한 모습으로 서 있다. 그거면 되었다.

"이만 가시지요."

저 먼저 앞서 나가는 해천이다. 그런 해천을 법륜은 복잡한
얼굴로 바라보았다. 궁금증이라. 자신이 느끼는 의문이 대체
무엇인지 도무지 알 수 없는 법륜이다.

*   *   *

각선은 이례적으로 방장실에 나와 법륜 일행을 기다렸다.
무당의 혹무처럼 키우려 했던 아이. 비록 처음부터 의도했던
바는 아니었으나, 꼭 그러해야 했는가를 묻는다면 쉽게 답할
수 없었다.

"어쩌면 운명일지도."

법륜과 무허, 신마와 천독요, 그리고 소림이 얽힌 복잡한 비
사다. 무허는 처음 법륜을 보았을 때 자신의 천명을 깨달았다
고 고백했다. 그래서 법명도 법륜으로 짓지 않았던가.

자신도 그러했다.

법륜을 처음 보았을 때 느꼈던 기묘한 감정. 수행이 부족했
던 당시에도 어렴풋이 느껴졌던 운명이란 끈을 그도 느꼈다.

"조금만 더 시간이 있었다면 좋았을 것을……."

법륜이 소림의 살검(殺劍)으로 산문 밖을 나섰다면 모르되, 그전에 해천이 약속했던 시간이 되어 세상 밖으로 나왔으니 더 이상 숨기는 것은 의미 없는 일이 되었다.

그가 아니더라도 해천이 직접 밝힐 테니까. 그전에 이야기하는 것이 모양새가 좋았다.

각선은 법륜이 어떤 선택을 해도 충분히 받아들일 용의가 있었다. 소림의 방장으로서 또 한 사람의 불제자로서 진실로 그랬다.

소림은 그간 법륜에게 많은 것을 주었다. 본래라면 죽었을 운명의 생을 이어갈 수 있도록 했으며, 소림의 근간이나 다름없는 무상의 신공들을 전수했다.

또 무가지보라는 대환단도 넘겨주었다. 그리고 긴 세월 법륜의 집이 되어주었다. 그 때문이다. 소림의 아래에서 어떤 선택을 해도 넘어가 주겠다는 것은.

"이제야 오는가."

서로 앞서거니 뒤서거니 걸음을 재촉해 온 세 사람이다. 이미 넘어간 해가 산사의 고즈넉한 정취를 그대로 전해왔다. 소림의 제자들은 각자의 수행에 힘쓰고 있을 시간이니 대화를 나누기에 이보다 좋은 시간은 없으리라.

"제자 법륜, 방장을 뵙습니다. 그동안 격조하였지요."

"법륜인가. 전달한 물건은 제대로 받은 모양이군. 도움을 주셨던 분께서도 안에서 기다리고 계신다. 해천, 그대도 함께 들지."

전달한 물건, 도움을 주었던 이. 대환단과 무정이다.

"무정 사조께서요?"

"그렇다네. 어서 들어가지."

대환단의 흡수를 도와주고 몸을 추스른다며 떠난 무정이 어찌하여 방장실에 있는가. 알 수 없는 일투성이다.

법륜은 자신의 주변에 알 수 없는 일들이 연달아 일어나고 모두가 대답을 회피하는 듯한 모습에 심사가 뒤틀렸다.

하지만 지금은 참아야 할 때이다. 법륜의 인내심이, 지금껏 해온 수양이 그것을 가능하게 했다. 자리를 옮긴 네 사람은 방장실에 자리했다.

법륜은 또 한 번 묘한 위화감을 느꼈다. 이번이 벌써 몇 번째인지. 운명과도 같이 다가온 예감이 낯설지 않았다.

자신은 곧 떠나야 하리라. 막연하게 그런 생각이 들었다. 오감의 범위를 넘어선 육감. 이제는 그것을 믿고 행해야 할 때라는 것을 여실하게 깨달았다.

각선과 약속했던 삼 년의 시간이 다가와서인지, 그도 아니라면 본인 스스로가 준비가 다 되었다 느끼는지 모를 일이다. 한 가지 분명한 것은 이 자리가 파하고 나면 그간 의문으로만 남았던 모든 것들이 해소될 것이라는 생각뿐이다.

"왔냐, 애송이."

무정이다. 못 본 육 개월 사이에 십 년은 더 늙은 것 같은 얼굴이었다. 진기의 소실 때문이다. 법륜에게 고스란히 넘겨 준 진기를 완전하게 회복하지 못했음이 분명했다.

"무정 사조."

짧은 인사. 그 한마디에 얼마나 많은 감정이 함축되어 있는지 느끼는 무정이다. 이미 무허 이상의 정을 무정과 쌓아가는 법륜이기에, 담담하지만 그 안에 끓어오르는 감정의 편린을 느낄 수 있었다. 무엇이 바뀔지는 모른다.

'그래, 바뀌는 것은 없다. 나는 소림의 제자고, 소림의 무신 이라 불리던 분에게 배웠다. 그뿐이야. 변하는 것은 없어.'

"제자 법륜, 그동안 항마동에서 고생이 많았다. 아직 약속 했던 시간이 전부 흐르지는 않았으나 그간의 성취가 눈에 보일 정도다. 하늘은 스스로 돕는 자를 돕는다는 말이 있지. 그간의 노고와 고련이 너를 더 무르익게 만들었구나."

"송구합니다."

송구하다. 법륜의 말처럼 그의 심중에는 송구하다는 마음이 전부였다. 각선에게 그랬다. 대환단을 빌미로 거래를 했지만 사문의 도가 아니었다. 자신의 독단적이고 막무가내식의 요청이었다.

그런 마음은 무정에게도 마찬가지였다. 법륜은 무정의 가르침이 소림의 가르침과는 다르다는 것을 안다. 오로지 법륜만을 위한 무정지도다. 정을 준 이가 죽지 않기를 바라는 마음에 그에게만 허락한 가르침이다.

소림도 마찬가지. 세가 어렵다고는 하나 구파. 그 공명정대함이 온 세상에 널리 알려진바, 각선의 허락이 있었다고는 하나 자신이 행할 일은 그야말로 지옥야차의 길이다.

소림의 이름 아래 얼마나 많은 살겁을 저지를지 알 수 없다. 그러니 자신이 행할 일은 소림의 드러나지 않은 불명예와 같다. 법륜의 송구하다라는 말은 그 고민들이 한껏 녹아 있는 대답이었다.

"참으로 바르게 자라셨소."

조용히 그 모습을 지켜보던 해천은 기꺼운 마음을 감출 수 없었다. 자식을 보고 그 어린아이가 장성한다면 이런 기분일까. 신마가 한 선택에 원망을 한 적은 없지만, 이번만큼은 그의 선택이 무엇을 남겼는지, 왜 그런 결정을 해야만 했는지 새삼 깨닫게 되는 해천이다.

"해천… 이라고 하셨지요, 존대성명이."

"허허, 존대성명이라 불릴 정도의 명성을 쌓은 적은 없소이다. 다만 소림의 가르침이 내게도 손에 잡힐 듯 느껴지기에."

허허롭게 웃는 해천이다. 봉두난발의 괴인. 기괴함마저 느껴지는 그 모습에서 보이는 햇살 같은 미소다. 무슨 생각을 하는지 모를 얼굴이다. 그런 법륜의 의문을 각선이 해소해 줬다.

"그런 것이 아니겠지, 천독요 해천. 그대의 명성, 아니, 악명은 온 중원 천지에 가득하지 않았소? 이제는 다만… 잊혔을 뿐이지. 정확히는 기억하지 않으려 하는 것이지만."

"허허."

"천독요? 천주신마를 따르던 팔요마 중 말석에 이름을 올렸다는 그 천독요가 맞습니까, 방장?"

법륜 역시 천독요 해천에 대해 들어본 기억이 있다. 절정의 무공보다 천 가지 독을 자유자재로 구사해 그 악명을 드높였던 마인. 구파의 무인 기십을 한 줌의 핏물로 녹여냈다는 희대의 마두다.

그런 자가 지금껏 사람 좋아 보이는 얼굴로 자신의 옆에서 함께 걷고 이야기를 나누었다니.

"맞소이다, 법륜 스님. 내가 한때 천독요로 불렸던 그 해천이오. 뭐, 지금은 힘없는 촌부나 다름없다오."

"힘이 없다라. 과연 그럴까. 그대의 손에 또다시 독을 쥐어 준다면 어찌 될지 모르는 일이지. 앞뒤 재지 않고 악행을 일삼았던 과거 신마의 무리들이 그랬던 것처럼. 그렇지 않나?"

"방장, 진실로 그렇게 생각하시오?"

언뜻 노기마저 보이는 얼굴이다. 희대의 악명을 떨치던 마인이었다는 말을 들어서인지 왠지 그 얼굴이 섬뜩해 보였다. 조금 전까지 웃음 짓던 사내는 이미 사라지고 없었다.

"무엇이 말인가? 내 말이 틀렸다고 생각하는가? 내 보기엔 충분해 보이는데."

"그것을 말하는 것이 아니오. 신마의 무리가, 그러니까 팔요마가 저지른 일이 진실로 그러하다 믿으시오?"

"그렇다면. 그렇다면 어쩔 텐가?"

"법륜 스님, 아까 항마동에서 나서면서 내가 했던 말을 기억하시오? 궁금증을 모조리 풀어주겠다던 그 말 말이오. 내 아낌없이 다 말해주겠소."

목을 가다듬는 해천이다. 길고도 긴 이야기. 비사 속에 묻힌 이야기가 해천의 입을 타고 흘러나오기 시작했다.

"과거 호북 양양에는 정가라는 유가의 가문이 하나 있었소. 원 말, 저 서역의 색목인들보다 못한 대우를 받던 한족들은 과거에 급제해 관로에 드는 것이 굉장히 어려웠지. 정씨 집안은 거부는 아니었으나 대대로 많은 전답을 가진 지주였소. 그리고 그 전답에서 나오는 소출로 주변에 촌민들을 구휼하는 데 많은 힘을 쏟던 가문이었소이다. 달자 놈들의 입장에서야 눈엣가시 같은 일임이 분명했소. 왜 그런 줄 아시겠소?"

"명성 때문입니까?"

"틀린 말은 아니오. 정가가 갖는 이름값 때문이었지. 생각해 보시오. 양양은 수만이 살아가는 대도시요. 관의 힘보다 많은 재물과 땅을 가진 사람을 더 믿고 의지한다? 과연 그것이 가능하리라 보시오? 그런데도 정씨 집안은 그걸 해내고야 말았지. 그래서 생긴 문제였소."

다음 이야기야 불 보듯 뻔할 것이라는 것은 산사에만 묻혀 살던 법륜이라도 쉽게 알 수 있었다.

"관아의 견제가 시작되었겠군요, 그 정씨 집안에."

"맞소이다. 문제는 이놈들의 수법이 아주 악질적이라는 데 있었소. 정씨 집안에는 소혜라는 아가씨가 있었지. 당시 관의 벼슬아치는 그녀를 정략혼의 재물로 끌어들이려 했다오. 관의 탄압과 견제. 그 속에서 나온 정략혼. 뻔한 이야기지. 정씨 집안을 원의 핏줄과 맺어놓는다면 정씨 집안의 재산과 명성을 얻을 수 있을 테니. 거기에다 고리타분한 유가의 가문인 정가가 원과 백년가약을 맺는다면 충분히 오명을 뒤집어쓸 수 있는, 그런 상황이었소."

소혜, 정소혜. 낯선 이름이지만 왠지 모를 친숙함이 느껴지는 이름이다.

"그래서 소혜라는 그 여시주는 어찌했습니까?"

"별다른 수가 없었소. 혼약을 해도, 하지 않아도 더 좋아질 상황은 없었으니까. 더 큰 문제는 정씨 집안의 고명딸인 소혜라는 아가씨에게 이미 마음을 준 상대가 있었다는 것이오.

그 남자의 이름은 유정인이었소. 당시 세상을 주유하던 그 남자는 우연히 들른 호북에서 운명을 맞이했소이다. 그도 곧 소혜라는 아가씨와 사랑에 빠졌지. 그리고 한 생명이 태어났소."

그 순간 해천의 두 눈이 법륜을 직시했다.

"호정. 그 아이의 이름을 호정이라 지었소이다. 하지만 행복한 나날은 얼마 가지 않았지. 곧 관의 탄압이 시작되었소. 정씨 집안에 찾아와 강짜를 부리던 놈부터 시작해서 온갖 뇌물과 비리를 요구하는 청탁까지. 정씨 집안에 오물을 묻혀 보복하고자 했지. 그에 정씨 집안의 가주인 정윤은 둘을 가문에서 쫓아냈고, 그 둘은 아이를 데리고 함께 도주했지. 그러자 정윤의 사주를 받은 많은 무인들이 따라붙었소. 그를 따르던 여덟 명은 제 주인과 아이를 보호하기 위해 힘썼다오. 그러다 눈먼 칼에 소혜라는 아가씨가 죽음을 맞이했고, 여덟의 주인은 그 무인들을 상대로 복수를 감행했지. 그중에는 구파도 있었다오."

이번에는 각선을 쏘아보는 해천이다. 각선은 그런 해천을 보며 입을 열었다.

"말은 바로 하라. 애초에 인륜지대사를 부모의 허락도 없이 행한 것 자체가 잘못이었다. 게다가 혼약도 맺지 않은 처자가 아이까지 갖다니, 그야말로 유학의 도리에 맞지 않는다."

"하하, 우습소이다. 부처의 가르침을 따른다는 불제자의 입에서 유가의 도리가 나오다니. 말을 바로 하라 했지요. 그렇다면 내 바로 하리다. 내 자세한 사정까지는 알 수 없지만 이 말만큼은 바로 해야겠소. 그를 추격하던 구파와 무인들. 처음에는 그 수준이 고만고만했소. 하지만 어느새 제 부인과 아이를 지키려던 남자는 천주신마라는 이름으로, 그를 따르던 여덟 명의 사내는 팔요마로 낙인이 찍혔지. 그때부터였소이다. 정도 맹이 발족하고 순식간에 천라지망이 펼쳐진 것이. 이상하지 않소이까, 법륜 스님?"

"무엇이 말입니까?"

"생각을 해보시오. 그저 한 지역 유지의 부탁으로 시작했던 일에 어느새 정도맹이라는 거대 집단이 끼어들었소. 그것도 순식간에 말이오. 당시의 상황은 말 그대로 혼란 그 자체.

원 황실의 황위 계승 문제에, 각지에서 일어나는 민란까지. 그야말로 정신없는 상황일진데, 구파를 위시한 세가는 아주 당연하다는 듯 정도맹으로 복귀하고 천주신마를 추격했단 말이오."

"그 말은 구파가 천주신마를 표적으로 무언가를 했다는 말이오?"

법륜의 얼굴이 찌푸려졌다. 구파, 팔대세가, 정도맹. 어린 법륜으로서는 처음 듣는 강호의 이야기다. 비사라면 비사다. 당시의 그 상황 속에 있던 무인들은 자신들이 처한 상황을 누구보다 잘 알겠지만 법륜은 아니었다.

이십 년 전의 강호 비사이니, 그로서는 알 수 없는 것이 당연하다. 그 누구도 법륜에게 그런 이야기를 해주지 않았으니까. 아니, 법륜 스스로가 알려 하지 않았음이니 그 문제는 누구에게 잘잘못이 있다 따질 계제가 아니었다.

다만 궁금한 것은 어째서 천독요라 불리던 그가 자신의 궁금증을 해소해 준다면서 이런 이야기를 하는가였다.

"무언가를 했지. 처음에는 허술하고 힘만을 앞세우던 정도맹이 얼마 안 가 조직적으로 변했으니 말이오."

"대체 이런 이야기를 제게 하시는 이유가 뭡니까? 시주는 제 궁금증을 해소해 준다고 하셨지요. 제가 궁금한 것은 오직 하나입니다. 제가 왜 이 자리에서 당신에게 이야기를 듣고 있어야 하는 거요!"

"이제 다 왔으니 조금만 참으시오. 구파의 천라지망이 무서웠지만 신마와 팔요마에게도 여력이 없었던 것은 아니오. 하지만 구존이라 불리던 구파의 절대자들이 나서자 상황은 급변했소. 나를 제외한 팔요마가 모두 패사하고… 결국은 신마라 불리던 남자도 그러했지."

잠시 뜸을 들이는 해천이다.

"왜 이 이야기를 하는지 물었지요? 그건 다름 아닌 신마의 자식, 호정이라는 아이 때문이오. 궁금하지 않으시오? 그가 어찌 되었는지."

"호정… 이라면 아까……."

"맞소. 나는 내 이십여 년의 세월과 무공을 대가로 그 아이를 살렸소. 그리고 호정이라는 그 아이는 지금 내 눈앞에 법륜이라는 이름으로 서 있다오. 이게 스님이 내게 이 이야기를 들어야만 했던 이유요. 스님이 궁금했던 점이 맞는지는 내 모르겠소만."

*　　　　*　　　　*

이제 어찌 살아야 하는가.

그것은 법륜에게 새로운 화두로 다가왔다. 해천에게 들은 이야기는 다름 아닌 자신의 근원에 관한 이야기다. 소림만이 세상의 전부인 줄 알고 살았던 법륜이다. 부모에 대한 궁금증을 온전하게 잊고 살았기에 그 충격은 더없이 컸다.

마인의 자식.

마인의 자식이라는 오명처럼 그저 악인답게 살다 죽을 것인가. 그도 아니라면 그저 모든 것을 잊고 한 사람의 승려로서 살아야 하는가. 세상사에 경험이 별로 없는 법륜은 선택할 수 없는 결정이 그저 어렵기만 했다.

각선에게 찾아가 따질 것인가. 당시 소림을 이끌었던 무정

에게 가 하소연할 것인가. 모두 부질없는 짓이다. 그날 각선이
보여주었던 모습과 대답에 해답이 들어 있었다.

그저 어쩔 수 없었던 일.

그렇다. 그저 어쩔 수 없었던 일이라 일축하던 방장의 모습
에 법륜은 소름이 돋았다. 이건 정도가 아니다. 정도의 정신
이라는 구파가 취할 행동이 아니었다. 그 연유가 어찌 되었던,
시간이 얼마나 흘렀던 간에 책임을 져야만 한다. 그것이 옳다.

그런 점에서 더 실망스러운 것은 각선의 대답이 소림의 대
답이나 마찬가지이기 때문이리라. 당시의 구파는 중원 각지에
서 벌어진 민란을 틈타 힘을 키웠다. 혼란한 상황 속, 그보다
좋은 기회는 없었으리라.

그렇게 키운 힘으로 당금의 황제인 홍무제가 이끄는 병력
에 힘을 실어주었다. 명분이라면 이보다 좋을 수가 없었다.

원에 수탈당해 왔던 민초들을 위해 중원을 탈환하고 세상
의 화평을 위해 노력한다는 것.

그것이 구파와 세가의 명분이었다. 그런 구파의 수장 중 하
나인 각선에게 다른 대답을 듣기란 분명 요원한 일이다.

잘못을 인정하지 않는다? 그것이 당연했다. 그것을 인정하
는 순간 구파는 힘을 잃는다. 민초들의 지지를 잃는다. 그것
만큼 구파에게 큰 타격을 주는 일은 없다. 그 구파에 속한 법
륜의 고민은 점점 깊어만 갔다.

"공자, 이야기를 좀 하지요."

해천이다. 소림에서 법륜을 공자라고 부를 이는 오직 그뿐이다. 항마동에서 나왔지만 다시 항마동에서 머무르는 해천이다. 오랜 세월을 건너뛰어 다시 주군을 만난 것처럼 행동하는 모습에서 그가 법륜을 얼마나 소중하게 생각하는지가 보였다.

나이가 한참이나 윗줄임에도 자연스럽게 나오는 존대는 여기에서 비롯되었다.

"공자라 부르지 마세요. 저는 그저 승려일 뿐입니다."

"허허, 공자든 승려든 무엇이 그리 중요하십니까. 본인이 어떠한지가 중요한 것이지요. 공자께는 죄송스럽게 생각하고 있습니다."

"말씀 낮추세요. 듣기 어렵습니다. 그보다 무엇이 죄송하다는 말입니까?"

"공자께 한마디 언질도 없이 제 내키는 대로 행동한 것 때문에 이 해 모도 마음이 불편합니다. 하지만 해야만 하는 일이었지요. 그것은 공자라도 어찌할 수 없는 일이었을 겁니다. 다름 아닌 공자의 부친⋯ 에 관한 이야기였으니까요."

"제⋯ 아버지⋯ 라는 사람이 정말 해천 공께서 생각하시는 것처럼 악인이 아니였을까요. 제가 보고 배운 것은 다릅니다. 제가 기억하고 느끼고 생각하며 보고 들은 것이 모두 소림의 것이었으니까요. 제 입장에서 보자면 아버지… 는 악인이었습니다."

"그럴지도 모르지요."

법륜은 해천의 담담한 음성에 귀를 기울였다. 아버지인 유정인이 결코 악인이 아니라 주장하던 해천이다.

이제 와서 이런 말을 하는 연유가 무엇인지 도무지 알 수가 없었다.

"그것이 중요합니까? 이미 주군께서는 유명을 달리하셨지요. 제게 어린 생명을 맡기고 나서요. 마인이든 선인이든 그것이 중요한 것이 아닙니다. 생(生). 지금 생각해야 할 것은 오로지 생입니다. 부처의 가르침을 받았다, 마인의 가르침을 받았다가 중요한 것이 아니라는 겁니다. 그저 공자께서 어찌 생각하는지가 중요한 것이지요. 남들의 시선 따위 무시하면 그만입니다. 하고 싶은 것을 한다. 그것이면 족합니다."

"그것이야말로 마도가 아니겠습니까. 하고 싶은 것을 한다. 하고 싶은 대로 행한다고 해서 제가 누군가에게 거침없는 살수를 펼쳐도 된다는 말이 아니지 않습니까. 제가 배운 도리로 그것이 마도고, 마인입니다."

"과연 그럴까요? 세상은 한 사람을 죽이면 살인자라고 하지요. 하지만 수백, 수천을 베면 영웅이 되는 것이 현실입니다. 전적으로 같은 문제입니다. 공자께서 부처가 되고 싶다면 그렇게 하세요. 마인이 되고자 한다면 되십시오. 세간의 평이요? 그것은 중요한 것이 아닙니다. 단지 그 모든 책임을 감내할 의지가 있느냐의 문제이지요."

끊임없이 되풀이되는 대답과 질문이다.

"나는 방장과 한 가지 약속한 것이 있습니다."

"그게 무엇인지 물어도 됩니까?"

"그렇지 않았다면 이야기를 꺼내지도 않았겠지요. 무당에는 흑무라는 기이한 무인이 있습니다. 무당의 비사이지요. 그는 무당이 어려울 때, 보이지 않게 힘을 써야 할 때만 나선다고 하더군요. 그 또한 나와 같습니다. 나와 비슷한 처지라고 하더군요. 아마 이와 같은 처지를 말한 것이겠지요."

법륜의 눈에 아득함이 담겼다. 무당의 흑무. 아주 잠깐의 창졸지간에 본 남자다.

하지만 그 남자의 눈빛만큼은 아주 또렷하게 기억한다. 흑안에 깃든 것은 자유라는 이름의 결정체였다. 그는 주변의 눈치를 보는 사람이 아니다. 그랬다면 구파의 회합 중 무턱대고 법륜을 찾아오지도 않았을 게다.

원하는 것을 얻는다. 세상은 그처럼 쉽지 않다. 그럼에도 그는 가능할 것이라 믿었다. 아니, 가능할 것이 분명했다. 그를 옭아매는 것은 무당이라는 이름도, 스승이라는 검선도 아닐 것이 분명했다. 그저 그가 무당에 있기를 원했기에 그러했을 것이다.

법륜의 마음속 마인이란 그와 같다. 끝이 없는 자유. 행하고 싶은 것을 행하고 얻고 싶은 것을 얻는다. 누군가 앞을 가로막는다면 힘으로 뚫고 나가 의지를 관철시킨다.

흑무가 법륜과 같은 처지라는 것은 결코 빈말이 아니다. 그의 부친 또한 마인일 것이다. 무당에도 소림의 항마동과 같은 금마옥이 있지 않은가.

상청궁에 틀어박힌 노진인의 의중이 무엇인지는 모르지만 아마 당시의 소림과 별로 다르지 않은 이유로 그를 무당에 받아들였을 것이다.

그 이후의 몫은 오로지 청인이라 부르라던 그 흑무에게 달려 있었겠지. 그가 보여준 단편적인 성향만으로도 그의 선택을 짐작할 수 있는 법륜이다.

얽히고 설긴 문제들을 차근차근 풀어나가기보다 쾌도난마의 일격으로 모조리 끊어버렸을 터다.

"나는 방장과 약속을 했어요. 소림의 암중살검. 무당의 흑무처럼 소림에 보이지 않는 힘이 필요할 때 힘이 되어주기로 했습니다. 나는 그 대가로 대환단을 받았습니다."

하나씩 정리해 가는 법륜이다.

신마와 소림의 구원. 각선과의 거래, 기련마신 정고와의 일전. 그 모든 것을 뒤로한다. 하지 않겠다는 것이 아니다. 그저 시일을 조금 뒤로 미룰 뿐이다.

"그처럼 되어야겠습니다. 생각해 보면 나는 이리저리 끌려다니기만 했소. 과거의 아주 어린 시절부터 지금까지. 이제는 소림이라는 이름이 날 가둘 수 없도록 해야겠습니다. 아니, 내가 소림 그 자체가 되어야겠습니다."

사명이다.

법륜의 두 눈에 결연한 빛이 떠올랐다. 해천이 법륜을 살리는 것에 그의 사명을 다했다면, 법륜의 사명은 소림 그 자체가 되면 되는 것이다.

무당의 흑무처럼 소림의 야차가 되면 된다. 명분과 실리를 동시에 취한다. 소림의 암중살검 따위가 아니다.

그가 행하는 모든 것이 소림의 행사가 되게 만드는 것.

소림의 무인을 떠올리면 가장 먼저 그의 이름이 언급되도록 무공과 명성을 쌓는다. 구파의 구존이라는 이름처럼, 그런 존재가 된다면 아무도 그의 앞을 막아설 수 없으리라.

"명분과 실리를 동시에 얻는 것은 참으로 어려운 일입니다. 공자는 그 정도의 자격을 갖추셨습니까?"

자격. 자격이 아니다. 법륜은 해천이 하고자 하는 말이 자격이 아님을 분명하게 알았다. 그가 묻고자 하는 것은 마음가짐이다. 소림의 권위를 짓밟고 올라설 준비가 되었냐고 묻고 있는 것이다.

"그것은 차차 갖추어가면 될 일. 지금으로선 그 일을 행함에 넘치지도 모자라지도 않는다 생각합니다."

그거면 되었다. 해천은 품속에서 낡은 책을 한 권 꺼냈다.

"그렇다면……."

해천의 눈 또한 빛났다. 장부의 결심을 하는 법륜의 맑은 두 눈처럼 그에게도 또 하나의 사명이 생겨나는 순간이다.

지켜보고 이끄는 것.

주군이었던 천주신마도 법륜이 마인이 되는 것을 원치 않았던 바, 그의 자식이 소림이 되겠다면 그렇게 만들어준다.

비록 스스로 무공을 폐해 무력이라고는 한 줌도 없지만 해천은 그게 가능하리라 믿었다. 그가 천주신마를 보고 느꼈던 것, 배웠던 것 모두를 전해준다. 말 그대로 대인의 풍모다. 노소의 결연이 소림의 하늘 아래 빛나고 있었다.

*   *   *

"여기 이것을."

법륜이 자신의 새로운 사명을, 천명을 깨닫고 며칠이 흘렀을 때, 해천은 법륜에게 서책 하나를 건넸다. 오랜 세월 여러 번 훑어 봤는지 손때가 묻어 있지만 어디 한 곳 상한 곳 없는 것이 누군가가 무척이나 아끼는 애장품처럼 느껴졌다.

"이것은……?"

"혈왕마공입니다. 천주신마라 불리던 부친의 독문무공입니다. 본디 명칭은 적영마공이라 불렸습니다만… 신마의 이름이 붙고 나서는 혈왕마공이라 불리더군요."

"혈왕마공…….."

"이제 와서 이름은 중요한 것이 아니겠지요. 노파심에서 드리는 말씀이지만 이 무공을 반드시 익히라는 것은 아닙니다. 소림의 무공은 강합니다. 소림의 힘이 약했다면 제가 이렇게 항마동에 들어 세월을 보내지는 않았겠지요. 그저 참고만 하십시오."

해천은 애초에 법륜이 혈왕마공을 익혀낼 거라고는 생각지 않았다. 소림의 무공은 강하다. 말 그대로 정종의 무학이다.

하지만 편법을 용납하지 않는 정종의 무학이란 점에서 문제가 있다. 정종의 무공은 강대한 만큼 하루아침에 완성할 수 있는 것이 아닌 까닭이다.

오랜 시간 고련이 필요한 것. 그렇기에 소림의 무공으로 절대의 경지에 오르기엔 상당히 오랜 시간이 필요하리라. 혈왕마공은 그런 정종무공의 부족함을 채워줄 단비가 되리라.

"도움이 될 겁니다. 비록 마공이라지만 소림이 갖지 못한 것이 그 안에 있지요. 야차가 된다고 하셨지요. 그 안에 지옥야차의 도리가 있습니다."

"야차라…… 일단 제가 가지고 있는 것이 옳겠군요. 아버지… 라는 분의 유품이나 다름없으니……"

빙긋 웃음 짓는 해천. 그렇게 이어진 운명이다. 아비에서 자식으로, 군주에서 신하로 이어진 천륜이다.

*　　　　*　　　　*

"이것이 혈왕마공."

혈왕마공은 말 그대로 마공이라 불릴 만했다. 기괴한 초식은 차치하고서라도 그 요결이 흉험하기 그지없다. 초식의 투로마다 사의 도리가 깃들어 있다.

본래의 이름은 적영마공이라 했던가. 붉은 그림자가 일면 피가 흐른다는, 이름 그대로 적색 그림자. 적영의 이름이 혈왕이 된 것도 그런 이유이리라.

"이건 말 그대로 혈왕의 무공이군. 무시무시하다."

법륜은 적영마공에 실린 투로를 펼쳐 보며 소림의 무학과 하나하나 비교했다. 소림 무공과의 가장 큰 차이점이라면 단 하나였다.

살법의 유무.

소림 무학이 상대를 상처 없이 제압하는 데 가장 큰 가치를 둔다면, 적영마공은 일격일살에 주안점을 둔다. 일초 혈왕마수부터 구초 혈왕겁천까지 모두 살펴본 법륜이 내린 판단이다.

그간 배운 것과 너무도 달라 제대로 일초를 펼쳐내기 어려울 지경이다.

"그것이 아닙니다. 형은 따르되 의는 놓고 온 격입니다. 적영기를 익히지 않았으니 위력과 투로가 따로 노는 것은 어쩔 수 없다지만, 그런 어설픈 일수는 강호에선 죽여달라는 것과 진배없습니다."

해천이다. 어느새 봉마암에 머무른 지 한 달 가량. 그는 차츰 과거의 신색을 회복해 갔다. 단정하게 자른 머리와 수염, 적당하게 그을린 피부다. 평범한 마의를 걸쳤으나 학사의를 입혀놓았다면 당장 유가의 학자라 불러도 무방한 기도와 신색이다.

"무당의 흑무라는 자, 십단금을 언급했다지요. 십단금은 본디 무당의 면장에서 출발한 무공입니다. 음유지력의 극치인 무공이 그자의 손에선 그 누구도 범접할 수 없는 극강의 무공이 되었다 들었습니다."

"형과 기는 버리되 의를 가져오라는 말입니까?"

"바로 그겁니다. 얼핏 듣기로도 멸옥장이라는 그 무공은 단순히 무당의 면장을 발전시킨 수준이 아니었을 겁니다. 새로운 무공. 무당의 색채가 묻었다고는 하나, 이미 그건 새로운 무공인 겁니다. 새로운 형과 의를 세우고 기를 따르게 한다. 소림에도 그런 것이 있지요."

"심생종기!"

"맞습니다. 심생종기. 마음이 일면 기가 따른다. 어느 누구보다 잘 알고 계시겠지요?"

"하지만 그건……."

"무엇을 망설이시는 겝니까? 야차가 되기로 작정하셨다면 그대로 행함이 옳습니다. 파격이 필요했다고 하셨지요? 지금도 마찬가지입니다. 공자가 소림의 무학을 연마하여 야차가 되고자 한다면 적어도 십 년, 길면 이십 년의 연련이 필요할 겁니다. 적영공은 그것을 단숨에 메꾸어줄 파격과 다름없습니다. 심생종기를 깨닫고 계시는 분이니 긴 말은 하지 않겠습니다. 지금 가지고 계신 것에다 적영기를 더하는 것. 그것만으로도 공자의 무공은 확연하게 달라질 겁니다."

새로운 무공. 해천이 말하고자 하는 바는 새로운 무공을 창안하는 것과 다를 것이 없었다. 그야말로 종사의 경지에 올라서야 할 수 있는 일을 법륜에게 제안한 것이다.

반대로 법륜이 망설이는 이유. 스스로의 자격이 모자라다 생각하는 까닭이다. 게다가 사문의 무공을 변형시킨다? 그것은 구파의 제자로서 쉬이 할 수 없는 생각이다.

짧게는 수십, 길게는 수백 년의 역사를 지닌 무학이다. 무공을 변형한다는 것은 사문의 법도를 흐리는 것과 같기 때문이다.

"불가능하다 느끼십니까? 전에 말씀하셨지요. 하고자 하는 일에 조금의 부족함도 넘침도 없다고요. 그리고 부족한 부분은 차차 채워 넣으실 거라고. 기억하십니까?"

"물론입니다. 스스로가 천명을 세운 날도 기억하지 못한다면 그런 사명은 없어져도 할 말이 없는 것이겠지요."

"그렇다면 망설이지 마십시오. 제가 드릴 말씀은 이제 다 드렸습니다. 부디 뜻대로 이루고 행하시길. 쉬운 것부터 시작하십시오. 본인이 무엇을 가졌는지 알아야 합니다. 손에 쥔 것이 칼인지, 창인지도 구분하지 못하면서 어찌 그것을 제대로 쓸 수 있겠습니까."

해천은 그 말을 끝으로 돌아섰다. 한동안은 그를 보기 힘들 거라는 느낌이 들었다. 그가 남긴 말에 모든 답이 있었다.

의를 세운다는 것은 그런 것이다. 가진 것조차 온전하게 느껴질 못한다? 십 년이 넘는 시간을 수련하고도 그걸 모른다면 그야말로 시간 낭비일 것이지만, 법륜은 그 누구보다 그 손에 쥐어진 칼이 어떤 것인지 잘 안다.

그리고 그 칼이 가진 한계도 잘 안다. 해천이 혈왕마공을 넘겨준 이유가 바로 그것이리라.

법륜은 그날부터 소림의 무학을 분류하기 시작했다. 가장 먼저 칠십이종절예다.

소림의 절예를 파고들수록 역시 쉽지 않다는 생각이 들었다. 그도 그럴 것이 소림의 절기는 그 하나하나가 수백 년을 걸쳐 쌓여온 무공의 총화나 다름없다. 하물며 중원 무학의 발상지인 소림의 무공이니 그것이 쉽다면 오히려 이상하다 하겠다.

하지만 법륜이 누구던가. 구파에서 약관을 넘은 나이란 결코 적은 나이가 아니다. 그는 이미 무학의 정수를 십 년 이상 연마한, 절학이라 불러도 손색이 없는 칠십이종절예의 대부분을 제대로 펼칠 수 있는 무인이다.

사실 그 정도만 해도 대단한 것이다. 보통의 제자들이 고작 서너 개의 공부를 완성해 나갈 때 완벽의 경지는 아니어도 제대로 펼칠 수 있다는 것은 실로 대단한 일인 것이다.

줄줄이 엮기 시작한 무공들은 끝이 없었다. 금강장과 철사장, 낙화장까지 소림의 무학이 끝도 없이 흘러나왔다.

"놀랍다."

놀라운 점은 또 있었다. 하나둘 나오기 시작한 무공들이 면면부절 이어짐이 끝이 없는 것은 물론이요, 각 무공의 무리가 얽히고설키더니 상승의 무리와 통하는 부분들이 끝없이 보였다.

만류귀원.

그 끝에 가서는 모두 같아진다는, 특별할 것도 없는 무리가 다시 한번 법륜의 머리를 일깨웠다.

*　　　　　*　　　　　*

시간은 빠르게 흘렀다. 방장인 각선과 약속한 삼 년의 시간은 벌써 지나간 지 오래다. 애초에 삼 년의 시간을 약속했던 법륜은 항마동을 떠나지 않았다. 조금의 시간이 더 필요했다.

새로운 무공의 창안. 그것이 기존에 가지고 있던 무학의 이치에서 새로운 무리를 더하는 것에 지나지 않았지만 도무지 쉽게 길이 보이질 않았다.

금강야차공(金剛夜叉功).

반야신공을 버리고 새롭게 얻은 기다. 반야신공을 버리는 것은 쉽지 않았다. 반야신공은 법륜이 가진 소림 무공의 모든 것이었다. 무허로부터 이어진 기의 결정체. 무한한 불법의 힘을 담은 기가 사라졌다. 그 대신에 적영마공의 힘이 깃든 야차의 힘을 손에 넣었다.

이 힘을 야차의 힘이라고 부를 수 있을까? 몸속에서 휘도는 힘은 약했다. 절정의 끝자락에 머물던 공능이 이제 갓 절정에 올랐을 때처럼 미숙하기 짝이 없다. 머릿속에서 번뜩이던 신기도 사라졌다. 육감을 제 감각처럼 사용하던 느낌도 사라졌다. 한참이나 퇴보한 무력이다.

칠십이종절예를 비롯한 무상의 신공도 마찬가지였다. 조각 난 무공들을 여덟 개로 모았다. 십지관천부터 철탑신추까지. 형과 의는 분명 제대로 가져온 법륜이다.

하나 아직 기가 따르지 않아 그 경지가 미숙하다. 당장 우위를 점했던 법무와의 일전을 벌인다면 필패일 터. 퇴보한 무공을 가지고 강호에 나서는 것은 어불성설이다.

"오랜만입니다."

"오랜만이다, 애송이."

지금에 와서 법륜을 찾아 항마동에 걸음을 옮기는 사람은 극히 적다. 두 사람의 방문이다. 해천과 무정. 마인과 승려. 명백하게 어울릴 것 같지 않던 두 사람이다.

그 두 사람이 어울리게 된 계기는 다른 것이 아니었다.

법륜. 법륜 단 한 사람이다.

부친과 그 수하, 스승과 그 스승의 사형. 묘한 인연이다. 하지만 두 사람은 그 묘한 인연에서 필연을 읽었다.

정도와 마도는 종이 한 장 차이라 했던가. 어울리지 않지만 서로를 이해하고 어울려 가는 둘이다. 법륜은 투로에 집중하는지 둘의 인사에도 아랑곳하지 않았다.

"그건 뭐냐?"

오랜만에 발걸음해서인가. 무정은 법륜이 보이는 예상 밖의 움직임에 눈을 찌푸렸다. 소림의 무공인 듯한데 그 움직임이 묘하게 거슬렸다.

'투로가 바뀌었어……?'

이는 보통 일이 아니다. 법륜이 종사의 경지에 올라 새롭게 창안한 것이 아닌 이상에야 저건 무공의 변형이라 보는 것이 옳다. 무공의 변형. 그것은 가벼이 볼 수 없는 사안이다.

반대로 해천은 이제야 만족스러운 얼굴이다. 그 변화가 크지 않다지만 소림의 무공에 살법을 실었다. 상대방을 죽이겠다는 살심의 유무야말로 진정 정공과 마공을 구분 짓는 묘리라 생각한 해천이기에, 법륜의 변화는 그의 결심을 이행하기에 모자람이 없어 보였다.

"네놈, 무슨 짓을 한 거냐?"

해천이 반문한다. 그 모습이 마치 저것이 어떠냐는 어린아이의 치기처럼 유치했다.

"무엇이 말이오?"

"내 눈에 보이는 저것. 네놈이 장난질 친 것이 아니냔 말이다."

"장난질이라뇨. 저 무공이 얼마나 대단한지 못 본다면 그 눈을 파내시오. 무공을 잃은 내가 봐도 제대로 가고 있는 것 같은데."

"내 말이 그 말이다, 이 마종아. 소림은 저 아이에게 저런 무공을 가르쳐 준 적이 없어. 살심이라니. 애초에 소림 무공엔 살법이 없다."

해천은 묘한 눈으로 무정을 바라보았다. 무엇일까. 소주와 소림을 이어주는 것은. 마인을 원수처럼 미워하는 것이 정도의 인사일진데.

자신의 인생을 담보로 소주가 소림에 뿌리 내리도록 했지만 애초에 무공 같은 것은 기대도 하지 않았던 해천이 아니던가. 마인의 핏줄이란 끊으려 해도 결코 끊을 수 없는 그런 것이니까. 소주에게도 그건 어쩔 수 없는 일이라 생각했다.

"말은 바로 하시오. 살법이 없는 무공이 이 세상천지에 어디에 있소. 살을 맞았다고들 하지. 강하게 밀치기만 해도 재수가 없으면 죽는 것 말이오. 하물며 기공을 익힌 무인이라면야, 사람의 목숨을 거두는 것. 그 일은 여반장이나 다름없소이다."

"끌끌, 그것을 말하고자 함이 아니다. 네놈 말대로 소림의 무공은 강해. 그 일수일격에 강대한 공능이 서린다. 하지만 이건 달라."

무정은 분명 다르다고 생각했다. 애초에 죽일 의도를 가지고 무공을 펼치는 것과 물러서게만 하는 이치는 하늘과 땅만큼의 차이가 있다.

"네놈은 그저 사람의 마음에 달린 일이라 생각하겠지. 하지만 보아라. 사람이란 그런 것인지, 힘을 가지면 사용하고 싶어 한다. 그건 소림승이라고 해서 다르지 않아."

무정은 법륜과 해천을 돌아보았다.

"그렇기에 소림은 물러서게 하는 무리만을 가르친다. 상대방을 물러서게 할 충분한 힘이 있고, 능력이 있음에야, 죽이지 않고도 그 상황을 피해갈 수 있다면 그것만큼 좋은 것이 없단 말이다."

"사조의 말씀은 틀렸습니다."

어느새 여덟 개의 투로를 마무리 지은 법륜이 곁으로 다가섰다.

"기호지세라 하셨지요. 무공도 똑같다는 생각이 요즘 들어 듭니다. 애초에 싸우지 않으면 그만이다? 혹여 싸움이 일어나도 상대방을 물려 상황을 종결시킬 수 있다면 좋겠지요. 하지만 사조는 제게 살아남는 방법을 가르치셨습니다. 이 무공도 제게는 마찬가지입니다. 살아남기 위해 부족한 것을 채웠을 뿐입니다."

언젠가 이야기했던 생의 도리. 그저 법륜이 살기를 바라는 마음에 전한 무리가 무정에게 비수가 되어 돌아왔다. 그 말에 숨은 뜻은 이런 것이 아니다.

소림의 이치를 버리지 말라. 반대로 말하자면 살아남기 위해 최선을 다하되 살겁만을 저지르는 무인이 되지 말라는 뜻이기도 했다.

"네놈, 그리 자신이 있더냐?"

법륜의 말은 반백 년 소림 무공에 몰두했던 무정에게 던지는 도발이기도 했다.

"내 오늘 너에게 소림의 정대함을 알려주리라. 그 알량한 살법을 믿는다면 크게 낭패를 볼 것이다."

"좋습니다. 소림이 알려주지 못했던 것, 보여 드리지요."

기세등등이란 말이 절로 나왔다. 무정도 해천도 알고 있다. 법륜의 무공이 퇴보했다는 것을. 무정은 느껴지는 기감으로 그것을 알았고, 해천은 법륜이 가지고 있던 무공을 버렸다는 것을 통해서 알았다.

그럼에도 법륜의 기세는 이전의 정명함을 보여주었던 모습과 크게 달라지지 않았다.

자신감 있는 모습. 제 스스로가 누구인지를 찾아가는 무인의 모습이 거기에 있었다.

"오라."

법륜은 기수식도 없이 달려들었다. 이전 법륜의 성정과 비교하면 너무도 다른 모습. 가장 먼저 펼쳐진 것은 새롭게 만들어가는 무공, 미완의 십지관천이었다. 소림의 탄지공과 적영마공의 적영마지를 합한 무공. 법륜의 손끝에서 열 자락 지풍이 소리도 없이 뻗어 나갔다.

무정은 열 개의 지풍이 다가옴을 두 눈으로 똑똑히 보았다. 처음부터 펼쳐오는 수법이 소림과는 그 궤를 달리했다. 요혈만을 노리고 다가오는 지력.

무정은 연대구품의 보법을 밟으며 전진했다. 이전 법무가 보여주었던 미완의 보법이 아니다. 말 그대로 아홉 개의 잔영이 연꽃처럼 법륜의 눈앞에 펼쳐졌다.

무정은 양손 가득 진기를 담아 대력금강장을 뻗어냈다. 도합 십팔 장을 뻗어낸 무정의 대력금강장이 장력에 사그라지는 지풍을 뒤로하고 법륜에게 뻗어나갔다.

'역시 여기까지가 한계.'

법륜은 지풍이 대력금강장의 경력 앞에서 속절없이 사라지는 것을 느끼며 앞으로 전진했다. 금강부동보의 의를 빌려온 야차능공제다.

금강부동보가 말 그대로 부동의 위용을 보여주었다면, 야차능공제는 유동이다. 일견 경박해 보이기까지 하는 움직임이, 좌우로 흔들리는 신형이 호쾌하다기보다 기괴해 보였다.

일권 장타. 법륜은 장타로 대력금강장의 장력에 맞섰다. 야차구도살. 야차의 살수가 법륜의 손에서 펼쳐졌다. 지옥야차의 살육을 담은 춤사위다. 좌우 어깨가 부러질 듯 뒤로 꺾였다 펼쳐진다. 단번에 아홉 번의 권을 떨쳐내는 법륜. 권력이 송곳처럼 뻗어 나와 무정의 몸을 노렸다. 이번에도 역시 상대방의 사혈만을 노리는 살기 충만한 권법이었다.

"합!"

연대구품의 보법을 펼치던 무정의 신형이 도로 하나로 합쳐지며 일갈을 내뿜었다. 파사제마의 공능이 담긴 사자후다. 법륜의 기가 일순간 흐트러졌다. 법륜은 금강야차공을 극한으로 운용하며 사자의 음파에 맞섰다.

흐트러졌던 기가 제자리를 찾아간다. 하지만 여유는 없었다. 무정이 다시금 손을 뻗어 왔기 때문이다.

법륜이 너무도 잘 아는 수법, 반선수가 무정의 손끝에 머물렀다. 법륜이 가장 자신 있는 무공이기도 했거니와 새로 무공을 정립하면서 가장 신경 쓴 부분이기도 했다. 그가 담을 수 있는 최고의 공력을 손에 담아 마주 뻗어냈다.

육도지옥수.

반선수를 모태로 혈왕마공의 마수를 섞어 만든 그만의 무공이다.

꽈앙!

너무 자신했음인가. 법륜이 생각했던 이변은 없었다. 법륜은 반선수에 담긴 탄지공과 막대한 공력에 뒤로 튕겨 나가기 바빴다. 지닌 내력의 삼분지 일이나 잃고도 이런 위력을 보여 준 무정의 반선수가 대단하게만 보였다. 같은 탄지공에서 시작한 무공이 이렇게나 다르다.

'역시 무정 사조!'

법륜은 내심 감탄하는 마음을 금할 수 없었지만 지금은 감탄할 때가 아니다. 움직여야 할 때다. 튕겨 나가는 신형을 바로잡으며 법륜은 다시 한번 지풍을 쏘아냈다.

다시 십지관천. 창졸간에 쏘아낸 지풍으로 무정을 막을 수 있을 거라는 생각은 하지 않았다. 그리고 그 생각은 역시 빗나가질 않았다.

무정의 두 손이 큰 원을 그리며 천지를 가리켰다. 소림 천고의 장법 중 하나인 반야장이 법륜의 신형을 노리고 쏟아졌다.

법륜은 무정의 반야장을 보며 해일을 떠올렸다. 한 번도 본 적은 없지만 바다의 해일이 저 모습과 다르지 않으리라. 법륜은 야차능공제로 삼 장이나 뒤로 물러섰다.

'전방위. 가른다.'

무형사멸각이 펼쳐졌다. 모체는 소림의 무영각이나 무영각과는 완전히 다른 무공이다. 무영각은 본디 각과 퇴를 이용해 신체에 직접적 타격을 주는 방식. 법륜은 무영각의 움직임에 고도의 기공을 담았다.

발끝에서 보도처럼 뽑혀 나온 날카로운 기운이 반야장을 가르고 지나갔다. 아니, 지나간 것처럼 보였다. 반야장의 경력은 무형사멸각을 맞고도 조금의 지친 기운도 보이질 않았다. 성난 파도처럼 밀려드는 기운이다.

법륜은 연달아 무형사멸각을 뻗었다. 위에서 아래로, 좌에서 우로, 우에서 좌로. 뒤로 물러나며 일곱 번의 각법을 쳐내자 반야장의 기운이 주춤했다. 법륜은 들끓는 기운을 강제로 내리 눌렀다.

아직 완전하게 정립하지 못한 금강야차공이 삐그덕거렸다. 금강야차공은 입마의 가능성이 농후한 심공이다. 소림 신공과 마공을 억지로 합했으니 그 부작용이야 말할 것도 없다.

지금 당장 가장 큰 문제점은 법륜의 내공을 완벽하게 끌어낼 수 없다는 데 있었다.

법륜이 무정을 향해 일장을 쳐냈다. 불안전한 금강야차공이 본래의 운공로를 벗어나려고 날뛰었다.

적로제마장. 붉은 기운이 법륜의 손에 어렸다 야생마처럼 튀쳐나갔다. 제마장의 장력은 법륜의 뜻대로 통제가 되지 않았다. 파탄이 난 기의 흐름이 투로를 가닥가닥 끊어냈다.

무정은 제마장을 보더니 의아한 표정을 감추지 못했다. 처음에는 기특하다 생각했다. 무공을 변형시킨다는 것은 처음부터 쌓는 것보다 어렵다. 습관 때문이다. 몸에 배인 습관이 사고의 확장을 방해한다.

정해진 틀 안에서의 움직임. 그래서 깨달음 한 조각 얻는 것이 그렇게 어려운 것이다. 그런데 법륜은 미숙하게나마 그것을 행하고 있었다.

비록 칠십이종절예의 움직임이 대부분으로 보이긴 했지만

그것을 조합하고 펼쳐내는 것은 무정조차 쉽지 않은 일이다.

하지만 급하게 쌓아올린 무공에는 빈틈이 많게 마련. 자신에게 뻗어오는 붉은 기운만 봐도 안다. 장력이 곧게 뻗어 오는 것이 아니라 이리저리 뒤틀리는 모습이 여실하다.

저건 통제가 안 되는 무공이다, 아직까지는. 무정은 법륜의 노력을 인정했다. 그렇다면 자신도 최선을 다하리라.

불광보조.

무정의 몸에서 황금빛 서기가 뻗쳤다. 황금빛 기운은 아지랑이처럼 피어오르더니 이내 둥그런 막을 형성했다.

호신강기. 초절정의 고수들 중에서도 펼칠 수 있는 자가 손에 꼽는다는 최고의 호신 기공이 무정을 둘러싸며 그 영역을 점점 확장해 나갔다. 땅, 모래, 자갈, 바위, 나무까지 주변에 걸리는 모든 것을 밀어낸다.

법륜은 폭주하려는 금강야차공을 가라앉히며 일격을 준비했다. 철탑신추, 추법. 권법과는 다르게 밀어치는 장타가 아닌 단타로 뻗었다 회수하며 일종의 충격파를 뻗어내는 수법이다.

법륜이 철탑을 던졌다. 그야말로 혼신의 힘을 다했다. 제어가 되지 않는 기운이 혈맥을 할퀴고 내상을 입혀도 법륜은 계속해서 추를 던져냈다. 그럼에도.

무정의 불광보조는 철탑신추의 위력을 어린아이의 돌팔매질로 만들어 버렸다. 대해에 물 한 바가지가 딱 맞는 표현이었다. 어느새 코앞까지 다가온 불광의 호신강기에 법륜은 몸을 밀어 넣었다. 더 이상 신추는 통하지 않는다.

마지막 일격이다. 몸이 갈려 나갈지도 모른다. 법륜은 마음을 다잡았다. 그래도 상관없다. 평생을 이런 싸움을 하면서 살기로 다짐하지 않았던가. 그렇게 생각하며 무정의 호신강기 속으로 몸을 던졌다.

천공고.

법륜구절 마지막 초식이다. 그 끝에 가면 무정의 불광보조처럼 온몸으로 호신강기를 뿜어낼 수 있는 고법이다. 하지만 그건 먼 이야기다. 지금은 어깨와 등의 요혈만을 보호할 수 있어도 최상이라 할 테니. 법륜은 어깨와 등을 금강야차공으로 보호하며 불광보조와 부딪혔다.

쿠웅—

법륜은 귓가에 울리는 소리에 눈을 크게 뜨려고 노력했다. 마치 물속에 빠진 것처럼 몸이 무거워지더니 시계가 느려졌다. 자신의 몸이 허공에 붕 떠 날아가는 것이 느껴졌다.

눈이 잘 떠지질 않았다. 눈을 한 번 감았다 떴다. 찰나의 순간에 모든 것이 정상으로 돌아왔다. 몸의 감각도, 눈으로 보는 세계도 제 속도를 찾아갔다.

콰아아앙!

그제야 참았던 숨을 몰아쉬는 법륜이다. 온몸이 부서진 것 같았다. 푸른 하늘을 보며 자신이 천공고를 펼치던 순간, 무정의 강기가 자신을 튕겨냈다는 것을 깨달았다.

"네놈!"

호통을 치는 무정의 일갈이다. 무정의 호통에는 예상외로 분노나 질책이 담겨 있지 않았다. 그 안에는 대견함, 걱정, 미안한 마음이 한가득했다. 적어도 법륜은 그렇게 느꼈다.

분명 사문의 무공을 허락도 없이 함부로 변형한 것에 혼이 날 줄 알았는데도 말이다.

"망아지 같은 놈. 일부러 그랬지?"

대답할 힘이 없다. 결국 쓴웃음을 짓고 만다. 너무 뻔히 보이는 수였는지.

"처음엔 잘 모르겠더군. 분노가 눈을 가려 망아지 놈 엉덩이를 때려줘야겠다는 생각만 들었다. 한데 네놈이 펼치던 그 무공, 어딘지 이상했어."

"맞… 습… 니다."

그제야 숨이 좀 트였는지 쩍쩍 갈라지는 목소리다. 법륜은 인정했다. 다른 사람은 몰라도 무정은 단번에 알았을 것이다.

"잘도 그런 것을 만들었도다. 하지만 미숙함이야. 살기가 짙은 것도 그렇다. 제대로 통제하지 못하는 살기는 없느니만 못해. 그래서 이제 어쩔 셈이냐?"

"아……?"

무정의 질문에 그저 얼빠진 대답으로 반문한다. 어찌할까. 이 무공으로 어찌해야 할까. 미완의 무공임과 동시에 지금껏 가져보지 못한 무공이다.

새로운 무공을 키운다.

쌓아 올린 무력으로 소림에 자신의 뜻을 관철하고 기련마신 정고를 잡아낸다. 결론은 간단하지만 과정은 녹록치 않다.

"말 그대로다. 네가 새로이 만들어가는 무공. 네 뜻이 여실히 느껴진다. 하고자 하는 바를 무슨 수를 써서라도 이루겠다는. 하지만 숙달되지 않은 그 무공으론 긴 세월이 걸릴게다."

잠시 쉬려는지, 무정은 봉마암 앞 바위에 걸터앉았다.

"단도직입적으로 말하마. 네가 서 있는 그곳은 아직 상승의 영역이라 하기에 무리가 있다. 그 경계선에 있다는 것이 맞는 표현이겠지. 지금의 너는 초절정고수를 만나면 필사, 절정의 끝자락만 만나도 목숨을 장담할 수 없는 것이 현실이다. 그러니……."

길을 알려주마.

무정의 마지막 한마디가 법륜의 심상을 꿰뚫었다. 법륜은 그 길이 결코 순탄하지 않다는 것을 잘 안다. 이것 하나도 그렇게 힘이 드는데 그 길이 무엇이련지. 법륜의 사고가 멈추어 간다.

암전이다.

무정은 정신을 잃고 쓰러진 법륜을 그저 바라보기만 했다. 아직 해결해야 할 일이 남아 있었다. 무정은 멀찍이서 대련을 바라보던 해천을 돌아봤다.

"이 빌어먹을 마종 새끼가."

무정의 입에서 험악한 말들이 쏟아져 나왔다. 그럼에도 해천은 그 말을 웃으며 받아 넘겼다.

"허허. 마인이었던 사람에게 마종이라니 그 얼마나 좋은 말인가."

"나는 지금 장난을 하고 싶은 생각이 없다. 이유를 들어야겠다. 시답지 않은 이유라면 내 살계를 열어서라도 자네를 죽이고 말겠네."

무정의 험악한 협박에 해천은 웃으며 답했다.

"이보시오, 무정 대사. 대사에게는 소주가 소중하시오?"

"그게 무슨 같잖은 소리더냐?"

무정의 얼굴이 와락 일그러졌다.

"대사를 보면 마치 젊었을 적 주군을 보는 것 같소이다. 소주를 바라볼 때의 그 눈빛 말이오."

"음……."

무정은 갑작스러운 해천의 말에 허를 찔린 기분이었다.

신마를 닮았다.

닮은 것이 그저 외양은 아니리라. 무정이 법륜을 바라보는 그 마음에 대해 이야기한 것이다. 아비가 자식을 바라보는 마음. 그 모습이 고스란히 해천의 눈에 비쳤으리라.

해천은 쓰러진 법륜에게 다가가며 입을 열었다.

"대사, 나는 말이오. 내 무공과 인생을 허비했다고 생각하지 않소이다."

"그건 또 무슨 말이냐?"

무정의 안색은 침중했다. 속내를 들켰다는 것이 여간 부담스러웠다. 해천은 기절한 법륜을 어깨로 지탱하며 일어섰다.

"소주 말이오. 뭐, 부르는 이름이 법명이 되었든 이름이 되었든, 부르는 호칭이 뭐가 되었든 간에 말이오. 나는 후회하지 않소이다."

무정은 해천의 어깨에 매달린 법륜을 바라보며 아무 말도 할 수 없었다.

"대사도 그러리라고 보오. 아마 소주를 맡아주었던 자오대 승도 마찬가지였으리라 생각하오. 그리고 무공은 미안하오. 이유야 여러 가지였지만 적영의 맥을 끊을 수는 없었소. 그래도 마공을 그대로 가져다 익힌 것은 아니니 너무 걱정 마시오. 소림. 그대들의 무공을 믿으시오."

그대로 고개를 숙이는 해천이다. 무정은 그 모습을 보면서 아무 말도 할 수 없었다. 무정 자신도 알고 있었다. 법륜은 이대로 성장한다면 굉장한 무인이 될 것이다. 하지만 반쪽짜리가 될 것이다.

무정은 소림의 무공이 반쪽짜리라는 것을 가슴으로 인정할 수 없었지만 머리로는 이해했다. 소림의 무학은 깊고 방대하나 어떤 면에서는 편협하기에.

살기를 지운 것이 그렇다. 그래서 이따금 심마(心魔)에 든 승려들은 그 반작용으로 엄청난 살생을 저지르곤 했다. 음흉한 방장과 어리석은 약속을 한 제자다. 소림의 산문을 벗어나면 손에 피가 마를 날이 없었을 게다.

그런 면에서 해천이 전한 적영마공은 법륜에게 새로운 세계를 보여주는 것과 다름없었다. 소림 무공을 모태로 투로를 변경하고, 마공으로 심생종기(心生從氣)의 의(意)를 세웠다.

어수룩한 부분이 곳곳에서 보였으나 그 정도면 훌륭하지 아니한가. 무공에 익숙해지고 더 많은 것을 경험한다면 아마 소림의 무상 신공과 비견되는 무공이 되리라.

무정은 그저 복잡한 얼굴로 멀어지는 해천과 법륜을 바라볼 뿐이다.

*　　　　*　　　　*

법륜이 정신을 차린 것은 반나절이 지나서였다. 해는 벌써 저물어 은은한 월광이 사위를 비추고 있었다. 봉마암 앞에서 쓰러졌는데 자신의 침상 위에 있는 것을 보면 무정 사조나 해천이 옮겨다 놨으리라.

주변에는 아무도 없었다.

법륜은 주변을 살피자마자 진기를 점검했다. 금강야차공의 진기가 무정과의 대련 도중 타격을 받아 생긴 탁기들을 제거하고 있었다.

반야신공을 주(主)로 한 새로운 신공은 기대 이상의 모습을 보여주었다.

금강야차신공(金剛夜叉神功).

법륜은 신공을 새롭게 정립하면서 그간 알고 있었지만 깨닫지 못했던 것들을 명백하게 확인했다. 만물의 생에는 기가 함께한다. 자신이 현재 앉아 있는 침상도 눈앞에 보이는 서탁도, 들이마시는 공기에도.

이 세상 모든 것에 기(氣)가 존재한다. 법륜 자신의 몸도 마찬가지였다. 대환단을 복용하면서 무정의 진기와 하나로 엮은 기운. 남김없이 끌어 모아 하나의 진기로 합일시켰다 생각했는데, 그게 아니었다.

자신의 몸에는 세맥에 잠들어 흡수하지 못했던 약력은 물론이고, 자신이 알지도 못했던 새로운 기운들이 가득했다. 금강야차의 진기는 자신도 몰랐던 기운들을 조금씩 수습하고 있기는 했지만 아직 많이 불안정했다.

'아직 멀었다.'

법륜은 내친김에 자신이 새로이 정립한 무공들도 되짚었다. 소림 무학의 교본이나 다름없는 무정의 무공은 진기를 잃었어도 확실히 강력했다.

막대한 공력을 소모하는 반야장이나 불광보조를 사용하고도 지친 기색이 없었다. 진기의 총량이 부족한 것은 분명하리라. 그렇다면 이것은 무정의 진기 운용 능력이 상상을 초월한다고 생각해야 한다.

다듬을 것이 한두 가지가 아니다. 스스로 아홉 개의 무공을 조합해 자신만의 무공으로 삼았지만 아직 어느 하나 제대로 된 무공이 없었다.

스스로가 법륜구절(法輪九折)이라 이름 붙인 무공. 말 그대로 법륜의 아홉 개의 절기가 되기 위해선 가야 할 길이 멀리라. 일절 금강야차신공부터 구절 천공고까지. 법륜은 날이 새는지도 모르고 무공에 몰두했다.

"아주 잘하는 짓이다."

봉마암 안에서 무공에 몰두하던 법륜을 찾아온 이가 있었다. 무정이다. 언제나 그렇듯 가벼운 언사에 품행이다. 하지만 무정의 눈은 꽤 심각했다.

"오셨습니까, 사조."

"이 비루먹을 놈. 사조라는 말이 잘도 나오는구나. 됐다. 나는 듣기 싫으니 너나 들어라."

무정은 상체를 휙 돌리고 법륜을 등진 채 말했다.

"섬서성 한중에 백호방이라는 작은 방회가 있다. 방주 여립산은 소림의 속가다. 내가 가르쳤지. 입적할 수 없는 상황인지라 깊은 가르침을 내리진 못했다만, 워낙 뛰어난 녀석이었으니 아마 제 갈 길을 알아서 찾아갔을 것이다."

"백호방이라. 처음 듣는 방파로군요. 소림의 유명한 속가문은 전부 알고 있다 생각했는데……. 한데 사조가 그리 말씀하실 정도면 여립산 사숙의 무공이 굉장한가 봅니다."

"끌끌, 사숙이라. 뭐 배분을 따지자면 그렇다만. 그놈의 무공. 아마 처음 보는 놈들은 소림의 무공이 아니라고 생각할게다. 그럴 만한 이유가 있지."

법륜은 무정의 등에서 즐거워하는 기색을 느낄 수 있었다. 무정과 깊은 정을 쌓았다고 생각했던 법륜은 여립산이라는 사숙이 생각보다 무정 사조와 인연이 깊다는 것을 깨달았다.

'이름만으로도 저리 즐거워하신다라.'

"사조, 그 백호방의 사숙 이야기를 꺼낸 것은 무슨 이유이십니까?"

"찾아가라. 내 방장 모르게 네놈이 산을 떠날 수 있게 준비를 좀 해두었다. 저 밑에서 해천, 그놈이 기다리고 있으니 어서 준비해라."

"잠깐만요, 사조! 갑자기 산을 내려간다니요?"

"내려가라면 내려가라. 내가 왜 백호방 이야기를 꺼냈다고 생각하느냐? 네놈은 방장과 어리석은 거래를 했지. 검선이 가르친 놈처럼 살겠다고. 방장이 네놈에게 눈을 돌리는 순간 너는 그때부터 방장의 의지대로 움직여야 한다. 아마 손에 피가 마를 날이 없겠지. 각선이 놈도 원래는 그런 놈이 아니었는데…… . 자리가 사람을 그렇게 만든 겐지, 쯧쯧."

무정은 법륜을 바라보며 걱정스러운 눈빛으로 말했다.

"나는 네놈이 만든 무공을 보고 불현듯 백호방을 떠올렸다. 백호방주도 네놈과 같다. 백호방주는 가전무공에 소림의 무공을 더했다. 그게 벌써 십 년 전이니, 네가 앞으로 걸어갈 길을 보여주기엔 충분할 게다."

말을 마친 무정은 법륜에게 다가가 품에 끌어안았다.

"부디."

귓가에 들려오는 목소리가 물가에 어린아이를 내어놓은 아낙의 그것과 같다.

"몸조심해라."

*　　　　*　　　　*

법륜은 얼떨떨한 기분으로 암자를 떠났다. 무공을 연마하다 갑자기 하산을 하게 된 것이다. 그간의 연공과 다짐했던 강철 같은 마음가짐이 순식간에 흐트러졌다. 법륜은 어수선한 마음으로 계곡을 떠나갔다.

"아직도 멀었다. 이렇게 쉽게 평정심을 잃다니."

법륜은 자책했다. 뜻을 세우고 무공을 다시 정립한 지 몇 개월이나 되었다고 이리 마음이 풀어지다니, 경계해야 할 일이라 생각했다.

"맞습니다. 그래서는 아니 되지요."

눈앞에 허름한 마의를 입은 청수한 인상의 중년인이 서 있었다. 법륜은 해천을 향해 급하게 다가섰다.

"해천 공!"

"오셨습니까. 무정 대사에게 이야기는 들으셨겠지요?"

"사조께 듣기는 했소만… 이해가 가질 않는 것투성이라오."

해천은 투명한 눈으로 법륜을 향해 말했다.

"공자, 이제 이 해 모를 지나치면 때가 될 때까지는 소림에 오를 수 없습니다. 이 해 모를 지나치기 전, 한 가지 당부의 말씀을 드리려 하오."

해천은 의외로 담담한 모습이다. 처음 법륜을 보고 호정이라며 눈물을 글썽거리던 모습은 어디에도 없었다.

"알겠습니다. 경청하지요."

"제게 처음에 하셨던 말씀이 있지요. 뜻을 이루어 소림의 의지를 발아래 두시겠다고요. 기억하십니까?"

"물론입니다. 어찌 잊을 수 있겠소. 내 첫 사명을 세운 날인데."

"그렇다면 이야기하기 쉽겠습니다."

해천은 한 걸음 뒤로 물러서며 법륜을 향해 고개를 숙였다.

"부디 뜻대로 하소서."

신하가 주군에게 올리는 예(禮)와 같다. 세월을 뛰어넘어 새롭게 연을 맺는 두 사람이다.

서로의 운명을 나누어 짊어진다. 해천은 법륜의 사명을 위해, 법륜은 언젠가 해천이 약속했던 것처럼 스스로 바로 서기 위해.

지금 이 순간 운명이 교차한다. 법륜은 그 사이에서 뜻을 확고히 했다.

물러서지 않는다.

뒤돌아보지 않는다.

원하는 것이 있으면 내 손으로 쟁취한다.

그리고.

소림을 내 발아래 둔다.

법륜은 해천이 내미는 봇짐을 메고 산을 내려갔다. 뜻을 이루기 전에는 돌아오지 않으리라.

법륜의 나이 이십오 세였다.

제오장(第五章)

마인(魔人)

섬서성 한중(漢中).

한중은 예로부터 섬서와 사천을 잇는 중요한 교통로다. 물자를 잇는 교통로가 발달한 탓에 인구의 유입이 많은 곳이다.

한중은 한수 상류에 위치한 분지로 쌀과 보리의 이모작이 행해져 굶주리는 사람이 드물었고, 차와 면화 등 중원인들의 생활에 필요한 물자가 가득한 곳이다.

풍족하지 못한 양민들도 넉넉한 웃음을 짓게 하는 곳.

부유한 상인이나 세도가를 찾기도 쉽다. 한중의 사람들에게 이 부유하고 넉넉한 도시를 지배하는 가문이 어디냐 물으면 십중십 구양세가라는 답을 한다.

중원팔대세가(中原八大世家).

섬서성 중원 오악 중 서악 화산을 중심으로 북부에 세를 넓혀가는 화산파가 있다면, 섬서의 남부에는 구양세가와 천하고절 종남파가 있다.

섬서의 남부 지역을 장악한 패도의 가문. 종남파가 속세에 일에 관여하지 않고 산중의 일에 몰두할 때, 구양세가는 한중의 교통로를 중심으로 막대한 금력을 바탕으로 움직이며 원의 혼란한 치세 아래 급속도로 성장한 팔대세가의 신흥 가문이다.

종남파가 이제 와 속세의 일에 관여한다고 해도 구양세가의 성세는 따라갈 수 없으리라. 그만큼 구양세가의 위세는 날아가는 새도 떨어뜨린다는 풍문이 전해질 정도로 거대한 장악력을 가지고 있다.

구양세가의 무공은 강력한 열양공을 바탕으로 한다. 그래서인지 가내의 무사들 대부분이 건장한 체격을 갖추었고, 병장기를 가리지 않고 사용한다.

막대한 금력을 바탕으로 양성해 낸 구양세가의 무사들은 언제나 자신감이 넘친다. 적어도 섬서성의 남쪽 지역을 벗어나기 전엔 대부분의 사람들이 먼저 고개를 숙여왔으므로.

하지만 금력만으로 모든 것이 해결해 왔다면 그것은 모래 위에 성과 다름없었을 터. 구양세가의 위세가 남부 지역을 진동시킬 수 있는 이유는 단 하나였다. 풍부한 자금력이 아니다.

구양세가가 이토록 위세를 부릴 수 있는 이유는 단 한 사람 때문이다.

태양신군 구양백.

벌써 몇십 년을 초절정의 고수로서 혁혁한 위명을 날린 불세출의 무인이다. 구양세가의 명성은 구양백 한 사람으로 평가받고 결정된다. 섬서성에 구파의 일익인 화산파와 종남파가 있음에도 구양세가가 위세를 떨칠 수 있는 이유다.

문제는 구양백 이후 그를 능가할 만한 무인이 아직 가내에 없다는 것이다. 현 가주인 구양금은 아직 구양백을 뛰어넘지 못했다.

구양백은 무공에 전념하지 않고 가세의 확장에만 열을 올리는 아들을 못마땅해했고, 현 가주인 구양금은 자신의 행보에 사사건건 반대의 열을 올리는 부친 구양백에 신물이 날 지경이었다.

그럼에도 구양금이 세가의 전폭적인 지지를 받는 것은 그럴 만한 이유가 있다. 전대 가주인 구양백이 구양세가를 팔대세가에 들 반석을 닦았다면, 현 가주인 구양금은 구양세가를 팔대세가의 수좌에 올려놓았다는 평가를 받고 있기 때문이다.

가내 무사들은 홀로 초절의 고수가 된 구양백보다 구양금

이 지원하는 풍족한 녹봉과 질 좋은 무공과 병장기, 영약에
더 환호했다. 그것이 가주인 구양금이 구양백의 막강한 장악
력을 뛰어넘을 수 있는 비결이었다.

구양세가의 내원.

노인은 찻잔을 들어 올렸다. 곱게 빗어 넘긴 백발이 흰 눈
이 내린 것처럼 하얗기만 하다.

구양백.

강호에서 태양신군이라 불리며 혁혁한 위명을 쌓아올린 희
대의 무인.

구파에서 말하는 구존의 위치에는 오르지 못했지만 강호에
서 그를 무시할 수 있는 자는 없다. 그것은 그저 강호에서 입
을 놀리기에 바쁜 자들의 기준이었으니까. 어느 누구도 그를
쉽사리 여길 수 없다. 그것은 그의 피를 이은 자식도 마찬가
지였다.

구양금. 구양세가의 가주이자 강호십절(江湖十節) 중 겁화수
인이라 불리는 초절정을 넘보는 무인임에도 그의 부친인 태양
신군 앞에서 고개를 들 수 없었다.

구양백의 무언의 질책 덕분이다. 구양세가는 대대로 절정
의 열양공을 연성해 온 가문. 그 내력에 힘입어 성정 또한 폭
급해질 수밖에 없었다.

무공의 연성이 끝자락에 도달하면 그 성정이야 어느 정도

제어가 된다지만, 아직 그 수준에 이르지 못한 구양금이다. 그가 강호에서 겁화의 별호를 얻은 것도 그의 폭급한 성정이 더 크지 않은가.

"가주, 시대가 변했음이야. 내가 가내의 대소사에서 손을 뗀 지 벌써 몇 년이던가. 그럼에도 가내의 방침은 그다지 변한 것이 없군. 내가 공사다망한 가주를 직접 불러 이야기하는 것에 서운해하지 말게. 그저 명심해 줬으면 하는 것이 내 바람일세."

구양백은 찻잔에서 피어오르는 뜨거운 김을 한껏 빨아들였다.

그윽한 다향이 불편했던 마음을 조금은 편안하게 해주는 것 같았다. 눈앞에 고개를 숙이고 있는 아들은 아직 마음이 불편한 것 같았지만.

'금아의 성격상 월권이라 생각하겠지.'

그 속내를 뻔히 알면서도 아비인 구양백에게 간파당할 줄 알면서도 구양금은 고개를 조아렸다.

"아버님의 그 말씀 명심하겠습니다. 소자는 이만 나가보도록 하지요."

인사를 하고 돌아서는 구양금의 표정은 싸늘했다. 가주는 자신이다.

더욱이 세가의 힘이 그 어느 때보다 고조된 지금이다. 세상이 바뀌었다? 자신도 잘 안다. 그 세월을 자신이 주도하지 않았는가.

팔대세가는 혼란한 정국을 틈타 구파마저도 위협할 수 있는 강력한 무력을 갖추었다.

그럼에도 조심스러운 행보를 당부하는 부친의 속내가 이해가 되질 않았다. 세가의 행보를 가로막는 것이 있다면 부수고 나아가면 될 뿐.

구양금의 심중은 협의가 아닌 패도로 가득했다.

"쯧쯧. 눈앞을 가린 것이 그저 욕망뿐이니."

구양백이 그 순간 법륜을 떠올린 것은 우연일까. 맑은 정기가 가득한 두 눈이 구양금의 얼굴과 대비되어 스쳐 갔다.

구파가 내세우는 협의지도. 약삭빠른 승냥이 취급을 받는 팔대세가가 취해야 할 가치였다. 하나 구양금의 얼굴을 보자 그는 그것이 불가능하리란 것을 깨달았다.

"그들의 말처럼… 그저 순리대로 흘러가려는가."

구양백은 묻고 싶었지만 결코 물어볼 수 없었다. 그가 입을 여는 순간 세가에는 거대한 폭풍이 불어닥칠 것이 자명하기에.

구양세가에 잠들어 있는 마인. 마인이 아니었으되 마인이 될 수밖에 없었던 운명을 타고난 가련한 존재에 대해서.

*　　　　　*　　　　　*

구양금은 서류를 뒤적이다 높다란 천장을 올려다보았다. 무엇이 그리 마음에 안 드는지, 구양금이 보낸 세월만큼이나 천장은 높아져 있었다.

"노친네가 노망이 난 것이 틀림없다."

노친네, 뒷방 늙은이. 아비를 부름에 있어 그보다 불경한 표현은 없으리라. 구양금은 며칠 전 길디긴 외유를 마치고 세가로 돌아와 잔소리를 쏟아내고 떠나던 구양백의 표정을 잊을 수가 없었다.

시대가 바뀌었다?

맞는 말이다.

세가는 시시각각 변하는 상황에 맞추어 그 태도를 달리해 왔다.

그럼에도 정도의 명문이라는 명분을 잃지 않기 위해 얼마나 많은 노력을 기울여 왔던가.

그 노력의 대가가 이것이다.

정도라는 이름을 달고는 있지만 그 어떤 집단보다 계산적이고 실리를 추구하는 것이 세가라는 곳이다. 그 드높은 이름만큼이나 많은 부와 실력을 쌓아온 곳.

그 결과에 구양금은 아무런 불만이 없다. 불만이 있을 수 없었다. 그가 꾸려온 모습이 그러했으니. 가문은 부유했고 무력은 팔대세가의 수좌를 넘볼 만큼 강력하다. 구파라는 이름 값도 지금에 와서는 허울 좋은 탈에 불과할 뿐이다.

'구파를 넘어섰어!'

구파와는 상관없다.

이미 화산과 종남의 눈치를 볼 만큼 구양세가는 작은 곳이 아니게 되었다. 화산과 종남과의 일전도 생각해 볼 수 있는 곳. 그럼에도 절대 밀리지 않을 것이라 충분히 생각할 수 있는 곳. 그게 구양세가였다.

그럼에도 마음에 걸리는 것은 구양백이 다시금 떠나간 곳이 서풍장(西風莊)이라는 점이다. 서풍장에는 자신의 치부가 있다.

가문의 눈을 신경 써 유폐시켜 놓은 서자, 구양선이 그곳에 있다. 세가 내에서 막강한 장악력을 자랑하는 구양금도 눈치를 볼 수밖에 없는 일. 처음부터 받아들였으면 모르되 유폐까지 시킨 이상 정도라는 명분은 입에 담을 수 없다.

그래서다. 그래서 신경이 쓰이는 것이다. 무엇보다 가문의 원로들이 가만히 있지 않을 것이라는 예상이 구양금의 뇌리에서 떠나질 않았다.

구양세가는 대대로 손이 귀한 곳. 그런 곳에서 가주의 직계란 귀하디귀한 것이다. 뒷방 늙은이라고 수군거리는 구양백만큼이나 완고하고 명예를 중시하는 이들. 그들은 구양금의 행보를 용납하지 않으리라.

구양금이 이끄는 구양세가의 무력 집단은 강하지만 원로원의 힘도 무시할 수는 없었다. 가내의 장악력이 막강하더라도 원로원과 등을 지는 것은 무리수다. 구양금은 그렇게 판단했다.

"이대로는 안 되겠다. 무슨 수를 내야겠어. 거기 누구 있느냐?"

"부르셨습니까."

구양금이 소리치기 무섭게 호위를 서고 있던 무사가 답해 왔다.

"가서 화륜대주와 지고당주를 불러오라."

무사가 다급하게 뛰어가는 소리가 들렸다. 화륜대주와 지고당주 둘이라면 무언가 수를 내줄 것이다. 구양금은 빨랐다. 인정할 것은 인정하고 부족한 것을 채운다.

그런 점이 구양금을 구양세가의 진정한 가주로 만들어준 요인이다. 겁화의 별호처럼 그 성정이 폭급하기만 했다면 이 정도의 성세를 유지할 수 없었으리라.

이윽고 흉측하게 생긴 사내 하나와 청수한 인상의 사내가 가주전 안으로 들어섰다.

"홍균, 영조. 왔는가."

"화륜대주 홍균, 명을 받들고자 왔나이다."

"지고당주 장영조, 부르심을 받고 왔습니다."

흉측한 몰골의 사내, 홍균이 우렁한 목소리로 답하자 지고 당주가 바로 말을 이었다.

"가주께서 어쩐 일로 저희 두 사람을 찾았나이까?"

"그대들이 해줄 일이 있다. 서풍장을 알고 있겠지?"

"물론입니다. 세가 소유의 장원으로 알고 있습니다만……."

"그곳에 마인이 있다. 그 마인을 흔적도 없이 지워라. 아무 도 모르게 은밀하게. 그게 그대들을 부른 이유다."

"마인이……? 서풍장은 세가 소유의 장원이지 않습니까? 어 찌 그곳에 마인이 있을 수 있답니까!"

홍균의 의문은 당연한 것이었다. 섬서는 화산과 종남, 구양 세가라는 정도의 거대 방파가 자리한 곳. 마인이 감히 발붙이 기 쉽지 않은 곳이다. 정도의 기치 아래 중원에 마인이 섬멸되 다시피 한 것이 벌써 오래전이다.

팔대세가 중 하나인 구양세가의 장원에 마인이 똬리를 틀 었다는 것을 쉽게 믿을 수 없는 일이다.

"가문 소유의 장원에 마인이 있다는 말씀이시군요. 잘 알겠 습니다. 화륜대주와 함께 처리하도록 하겠습니다."

"지고당주!"

"가시지요, 대주. 갈 길이 멀겠습니다."

장영조는 홍균의 말을 단호하게 끊었다. 아무리 화륜대주와 자신이 가주의 신임을 받고 있더라도 그 앞에서 큰 소리를 내는 것은 옳지 않다.

화륜대주의 무위야 가내 최강 무력 집단인 화륜대를 잘 이끌고 있으니 의심할 여지가 없다.

그가 부족한 것은 머리다. 가주인 구양금은 그 점을 염려해 자신을 함께 부른 것이리라. 장영조는 홍균의 등을 밀며 가주전을 빠져나왔다.

"장 당주, 이게 어찌 된 영문인지 설명해야 할 거요."

홍균의 얼굴이 사납게 일그러졌지만 지고당주의 얼굴은 평온했다.

"설명하고말고요. 일단 자리를 옮기시지요."

홍균은 지고당주의 손에 이끌려 걸음을 옮겼다.

*   *   *

지고당. 구양세가의 눈과 귀가 되어주는 곳이다. 한중이 섬서 남부의 온갖 교통로이기에 가내로 들어오는 정보의 양도 방대하다.

그 방대하고 잡다한 정보를 분류하고 쓸모 있는 정보로 만드는 곳이 지고당이다. 지고당주 장영조는 지난 십 년간 지고당을 이끌며 구양세가의 숨은 힘이 되었을 만큼 가치가 있는 사내였다.

"장 당주, 설명해 보시오. 가주께서는 분명 마인이라고 하셨소이다. 내 짧은 머리로는 도통 이해가 가질 않소이다."

"생각하신 바를 말씀해 보시지요."

"마인이라 함은 쳐부숴야 할 존재요. 그것도 이리저리 떠벌리면서 말이오. 내 손에 죽은 마인이… 칠팔 년 전 잡졸이었으니……. 이 중원 땅에서 마졸들을 찾아볼 수 없게 된 지 오래요. 몇 년 만에 세가의 위세를 떨칠 일인데 함구하고 일을 처리한다? 내 가주의 성격을 모르는 것이 아닌데 어찌 그리해야 하오?"

지고당주는 태연했다. 그래도 대주라고 생각이란 것은 하고 사는 모양이니 다행이라 생각했다. 장영조는 홍균을 바라보며 딱하다는 표정을 지었다. 아마 저 무력만을 믿고 날뛰는 사내는 가주의 함구령이 더 크게 작용하는 모양이다.

"대주, 진실로 중요한 것은 그런 것이 아니오."

"그럼……?"

"가주께서 은밀하게 처리하라 하셨지요. 마인이라면 굳이 떠들지 않을 이유가 없소이다. 하나 은밀하게 처리해야 하는 경우라면… 다른 것이 아닐 거요."

지고당주의 눈이 차갑게 뜨였다.

"가주와 연관이 있겠지요."

"이런 씨!"

화륜대주의 몸에서 폭발적인 기운이 솟아났다. 가주의 말이라면 타오르는 불에라도 뛰어들 위인이 홍균이다. 가주가 마인과 연관이 있다는 말은 불타는 불에 기름을 끼얹는 격이었다. 그런 홍균을 바라보는 장영조의 눈은 여전히 차가웠다.

지고당주의 몸에서 차가운 기백이 뿜어져 나왔다. 무공이 아니다. 지고당주라는 냉혈의 군사가 뿜어내는 기세였다.

"화륜대주 홍균, 기세를 가라앉히시오."

홍균은 장영조의 말에 흠칫 몸을 떨었다. 차갑게 뚝뚝 떨어지는 말 속에서 한기를 느꼈기 때문이다. 무공을 익히지 않은 사내가 빚어내는 기운이라 생각하기엔 너무 섬뜩했다. 홍균의 내력이 가라앉자 장영조는 부드러운 음성으로 말했다.

"내 설명이 부족했소이다. 가주와 연관이 있을 것이외다. 이것은 분명한 사실일 거요. 그러지 않고서야 조용히 처리하라 할 이유가 없으시겠지. 하지만 그러면 어떻소? 우리가 행해야 할 것은 무척 간단하다오. 가주의 명대로 하면 되는 거요. 아무도 모르게 그 마인을 처리하면 끝나는 일이란 말이오."

"이······."

가주가 마인과 연관이 있다는 말에 끝내 화를 참지 못하는 홍균이다. 하지만 이전처럼 무공으로 시위를 하지는 않는다. 지고당주는 확실한 남자다. 앉아서 천 리를 보는지는 모르겠으나 어디에 내어놓아도 제 역할은 제대로 해낼 사람이다. 그의 말이 맞다. 가주가 명한 일을 해내면 그만이다. 의심은……

'접어둔다.'

"좋소. 내가 해야 할 일이 무엇이오?"

지고당주의 은밀한 속삭임이 홍균의 귓가로 파고들었다.

*　　　　　*　　　　　*

구양백은 현 가주인 구양금과의 갈등을 피하기 위해 본가를 떠나 가문이 소유한 장원을 전전해 왔다. 구양금의 지위를 찍어 누를 강대한 무력을 갖추었으나 실행하지 않는다.

이미 자신의 시대는 지나갔다는 것을 잘 알기 때문이리라. 유랑에 다름없는 생활을 하던 그가 서풍장이라 이름 붙인 가문의 별장에 자리 잡은 것이 삼 년 전이다.

"염 대주, 내가 알아보라고 한 것은?"

"아직 진행 중입니다만. 의심 가는 부분이 조금 있습니다."

"의심이 간다라. 자네가 내 옆에 몇 년이나 있었던가? 나는 염 대주를 잘 알아. 자네가 그렇게 말한다면 아마 구할 확신한 상태겠지?"

그저 하늘같은 상전의 말에 고개를 숙이는 염포다.

염포. 강호에서 염화쌍곤이라 불리는 절정의 무인. 구양세가의 남환공의 오의와 그만의 독문곤법인 팔비곤을 부단히 단련해 낸 강력한 무인이다.

공식, 비공식을 불문하고 구양백의 대소사 모두가 그를 통해 이루어진다. 그만큼 구양백의 옆을 오랜 시간 지켜왔으며 능력도 출중한 사내. 그런 염포가 하는 말은 결코 빈말이 아니리라.

'그것도 아니라면 내 눈을 파내야겠지만.'

구양백은 고개를 끄덕였다. 구양백은 그렇지 않기를 바랐다. 염포의 말이 틀려 차라리 자신의 눈을 파내었으면 했다. 협의지사여야 할 자식이 세상과 가문의 손가락질을 두려워해 자기 자식을 유폐시켰다는 것이 사실이 아니길 바랐다. 염포는 그런 구양백의 옆에 시립해 공손히 한 권의 서책을 올린다.

구양선.

현 구양세가주 구양금의 혼외자로 판단됨. 그의 모친은 한중 제일루 호담정(湖憺庭)의 기녀 호정으로 추측. 당시의 상황을 알고 있는 기녀들을 수소문했으나 이미 가주의 명에 의해 중원 각지로 보내진 것으로 판명.

십이 세의 나이에 구양세가의 지륜대에 의해 서풍장 근방의 야산 동굴에 유폐된 것을 확인함. 구양선 공자가 익힌 무공은 열양마공으로 판명됨. 어떠한 경로로 마공을 입수했는지는 모르겠으나 절정의 마공은 아닌 것으로 판단되며, 무공을 폐할 경우 사망할 가능성.

구 할 이상.

구양백은 눈을 감고 한숨을 쉬었다. 자신의 눈은 무사했다. 다만 심장 한편이 뜯겨 나갈 것처럼 아팠다. 어쩌다 이렇게 어긋난 것일까.

"괜찮으십니까?"

"괜찮다네. 자네도 알지? 내가 삼 년 전부터 이 서풍장이라는 곳에 머무른 이유를 말이야."

"예."

"그때 나는 가문의 장원 근방에서 강력한 마기를 느꼈다네. 이곳은 섬서성이야. 화산과 종남, 구양세가가 지배하는 곳일세. 마인이란 자들이 설칠 만한 곳이 아니었지. 그런데 내 가문의 장원에서 지독한 마기를 감지했을 때, 내 심정이 어떠했겠나."

염포는 그저 고개를 숙일 뿐이다. 명하면 따른다. 그게 염포가 구양백을 따르는 방식이다. 판단은 자신의 몫이 아니라고 생각하는 염포다.

구양백은 염포의 입이 굳게 닫히자 한숨을 내쉴 수밖에 없었다. 푸념이라면 푸념일까. 이렇게라도 속에 있는 것을 털어내고 싶었던 것이다.

"그… 아이에게 가보도록 하지. 자네는 금아와 가내의 동향을 좀 더 살펴주게. 가내의 누가 이 아이를 알고 있는지. 그 아이에게 마공을 건넨 자가 있을 것이야. 그자를 찾아보도록 하게."

구양백의 신형이 사라졌다. 이미 경지에 오른 신법이다. 보내온 세월만큼이나 익숙해진 무공이다. 그러나 구양백은 생전 처음으로 무공을 익힌 것을 후회했다.

평범한 촌부의 자식으로 태어났다면 어떠했을까. 그렇다면 아비가 자식을 가두고 짐승 이하의 삶을 살게 하는 비극 따위는 없었을 터.

"모두 다 내 업보로군."

빠르게 신형을 옮기는 구양백. 어느새 서풍장 뒷편의 야산에 이른 신형이다. 수풀이 우거진 산중에 자연적으로 생긴 동혈은 관찰력이 뛰어난 사람이라도 그 존재를 알기 어려울 정도로 드러나지 않았다.

죄를 지은 악인이라면 몸을 숨기기에 안성맞춤인 곳이다. 초절정에 이른 고수인 구양백 또한 가문이 관리하는 장원에 이런 동혈이 있을 줄은 상상도 하지 못했다.

"선아."

"크르르……."

입구가 가로막힌 동혈을 뚫고 짐승의 목소리가 흘러나왔다. 어찌 사람의 목구멍에서 저런 짐승의 울부짖음이 흘러나올 수 있단 말인가.

어찌 부모가 자식에게 이런 천형을 내린단 말인가. 씻지 못할 악업을 쌓은 것도 아니고, 오직 자신만을 위해서 동굴 속에 가두고 짐승처럼 기를 수 있단 말인가. 마공의 부작용이런가.

구양선은 구양백의 목소리가 애절하게 그를 부르고 있음에도 반응하지 않았다.

구양백은 이지를 상실한 손자를 상대로 손을 쓸 수가 없었다. 동혈의 벽이야 일수에 부수고도 남음이다. 마공도 마찬가지. 태양신군의 구양산수라면 절정의 마공도 깨뜨릴 수 있을 터. 그럼에도 그는 행하지 않았다.

얼굴 한번 본 적 없는 손자는 그저 마공을 익혔을 뿐, 아직 그 누구도 해하지 않았다. 아마 서악의 화산이나 종남의 검사들이 이 사실을 알았다면 모르되, 그 둘 중 어느 곳에서도 사실을 모르지 않는가. 알면 이리 조용할 수 없다.

협의를 숭상하는 정도의 일맥으로 사특한 마공을 익힌 자는 단호하게 처벌해야 옳지만 그 마인이 자신의 손자가 되자 손을 쓰기를 망설이는 구양백이다.

구양백은 그저 벽 넘어 존재하고 있을 손자에 대한 걱정뿐이다. 기실 구양백이 할 수 있는 일이라고는 거의 없었다. 강제로 무공을 폐했을 경우 손자인 구양선은 죽는다.

구양선의 이지를 되돌리기 위해 의술이 경지에 다다른 자들을 초빙해도 문제다. 구양세가가 신의를 수소문하면 화산이나 종남이 알게 될 것이 분명하다. 화산과 종남은 지척이니까. 아니, 이미 알고 있을지도 모른다.

오랜 수행으로 천기마저 읽어내는 자들이 수두룩하니까. 생각을 정리한 구양백은 조용히 기를 끌어 올렸다. 그가 해줄 수 있는 방법은 하나뿐이다.

남환신공.

구양세가의 직계 적장자에게만 전수되는 천고의 무공이다. 남쪽의 불꽃. 사방신 중 남천 주작의 겁화는 사특한 기운을 정화하는 데 특화되어 있다.

이름 모를 열양의 마공이라 했던가. 그 수준이 높지 않다면 남환신공은 이지를 상실한 구양선에게 분명히 도움이 될 것이다. 그 구결을 구양선의 심혼에 새긴다. 끝없이 구양선의 귓가에 남환의 요결을 집어넣으면 반드시 반응이 올 것이라 믿는다.

천고의 신공. 남환신공의 공능만이 구양선을 구할 수 있다 생각하는 구양백이다.

　　　　　*　　　　　*　　　　　*

　어두컴컴한 동굴. 벌써 몇 년째지? 동굴 속에 머무르는 괴인은 말을 잊은 듯 그저 고개만 갸웃거렸다. 귓가에 들려오던 이름 모를 구절들도 더 이상 들려오지 않았다. 선이라는 이름과 다르게 괴인의 마음속은 악이 가득 찼다. 그 누가 그를 이렇게 만들었는가.

　"구양금."

　그래, 구양금이다. 얼굴 한번 본 적 없는 아비. 그에게 구양금이라는 이름은 팔대세가 중 하나인 구양세가의 가주일 뿐 가족은 아니었다. 이제 곧 때가 도래한다.

　귓가에 들려오던 구절이 선명해질수록 구양금의 이성은 깨어나고 있었다. 정신을 잃으면 안 된다. 야수가 되기로 했으되 사냥할 줄 아는 맹수가 되어야 한다. 정신을 차리지 못하면 결국 사냥당할 수밖에 없다.

　그게 어두침침한 동굴 속에서 구양선이 깨달은 것이다.

　아비라는 이름으로 그를 동굴에 처박아 넣은 비정한 자에 대한 복수의 때가 다가온다. 구양선은 자기도 모르게 송곳니를 드러냈다.

　짐승 이하의 삶을 살아온 그에게 야수의 삶은 익숙한 것이다. 그를 이 구렁텅이로 몰아넣은 아비에 대한 복수심에 구양선의 몸이 불타올랐다.

화르륵—

호담정에서 얻은 남환공이 불타올랐다.

아, 이제는 남환공이 아니다.

순리를 저버리고 역리의 대가로 쌓은 열화마공은 그에게 강대한 힘을 선사했다. 구양선의 이성을 잡아먹은 괴물은 다른 것이 아니었다.

남환공의 역행. 구양세가의 근간이나 다름없는 기초 무공인 남환공을 역행한 대가가 열양마공의 진체였다.

구양선의 몸에 타오르는 불길처럼 그의 마음도 불타 시꺼먼 재가 되었다.

이제 곧 복수의 시간이 도래한다.

＊　　　　　＊　　　　　＊

잠깐이지만 다시 정신을 잃었던 모양이다. 구양선은 고개를 흔들며 돌아오는 초점을 부여잡았다. 다시 정신을 잃으면 곤란하다. 구양선은 진기를 점검했다.

남환의 마공이 거칠게 풀려 나왔다. 인간에서 짐승으로 떨어지며 얻은 힘이다. 눈앞의 벽을 허물고 복수를 행하려면 이 정도 힘은 손에 쥐고 있어야 한다.

마공의 힘은 완전하지 않다. 제대로 정립된 무리가 아니라 남환공으로 역천의 도를 그대로 밟았기 때문인지, 그 힘만큼은 구양세가의 무공에 뒤처지지 않지만 안정성은 현저하게 떨어졌다.

가끔 제정신을 잃고 날뛰게 되는 것도 같은 맥락이다. 하지만 이제 그것도 이전까지의 일이다. 머릿속에 들려오던 구절을 받아들이고 남환마공에 접합하기를 몇 날 며칠. 어느새 안정기에 접어든 마공이다.

구양백의 처음 의도와는 다르게 남환마공을 버리지 않고 그대로 신공의 구결을 가져다 덧댄 구양선이다. 밖에 무슨 일이 있는지, 알 수 없던 신공의 구결의 전달이 끝나자 구양선은 밖으로 나설 채비를 했다.

사실 채비랄 것도 없었다. 동혈 속에 맨몸으로 유폐되었으니, 밖으로 나가면 정신이 없을 것이다. 구양선은 마음을 단단히 먹었다.

"좋아, 간다."

구양선의 손에서 마기가 들끓었다. 전력으로 부딪히는 손이다.

꽈앙!

생각했던 것보다 벽이 단단해서였을까. 구양선은 계속해서

벽에다 손을 부딪쳐야 했다.

한 번, 두 번, 도합 열 번이 넘게 부딪히고 나서야 구양선을 가로막았던 저주의 벽이 무너져 내렸다. 구양선은 벽이 부서지자마자 밖으로 뛰쳐나갔다. 이제 돌아서서 망설일 시간이 없었다.

폭음이 멀리 퍼져서였을까. 자그마한 동산에 불과했던 산을 향해 여럿의 인기척이 빠르게 다가오는 것이 보였다. 역시 하며 고개를 끄덕이는 구양선이다.

자신의 아비가 구양세가주인 구양금이라 들었다. 그자에 대해서 아는 것은 없지만 거대 세가를 이룬 자인 만큼 아마 자신에 대한 준비도 철저했으리라.

구양선은 그 모습을 보며 그저 기다리는 데 시간을 쏟지 않았다. 눈앞에 보이는 장원에서 직선으로 달려오는 무인들을 피해 원을 그리며 달렸다.

동혈 속에 갇혀 경공을 제대로 배운 적이 없기에 그저 일반인들보다 조금 더 빠르게 뛰는 수준이었지만 자리를 벗어나는 데는 충분했다.

목적지는 한중의 서가로(序歌路). 구양세가가 존재하는 한중의 금화로(金花路)와는 지척이다. 먼저 서풍장에 들러 방향을 잡는다.

무사들이 금세 쫓아올지도 모르겠으나 그 정도 각오도 없었다면 동혈에서 뛰쳐나오지도 않았으리라. 지금은 아무 생각 없이 달릴 때다. 구양선의 몸이 조금씩 빨라졌다.

이윽고 구양선이 장원에 다다랐을 때, 그의 눈앞에는 학사 차림의 한 사내가 기다리고 있었다는 듯 서 있었다. 학사는 구양선을 보며 대뜸 말을 걸어왔다.

"공자, 공자는 성급했소이다."

"장영조!"

구양선의 몸에서 불같은 분노가 뻗어 나왔다. 모든 일의 시작이 눈앞에 있었다. 천한 기녀의 태생으로 글을 읽고, 무공에 필요한 혈도를 배우고 나아가 직접 무공을 연성할 수 있게 해주었던 존재. 그가 구양금이라는 이름을 꺼내 들어 자신을 유인했을 때 알아챘어야 했다. 구양선의 손에서 마기가 터져 나왔다.

꽈앙!

손에서 폭발한 마기가 지고당주 장영조의 머리를 스치고 지나갔다. 지고당주는 구양선의 위협에도 굴하지 않았다. 아니, 굴할 필요가 없었다.

영특했던 아이이니 자신 혼자 그 앞에 모습을 드러낸 것에 일말의 의구심을 가지리라.

그거면 충분했다. 세가주인 구양금의 의도가 어떤지는 너무도 뻔히 보이는 일. 구양선을 은밀하게 처리해 모든 것을 없었던 일로 만들려는 심산일터. 하나 장영조는 구양선의 존재를 구양금보다 먼저 알고 있었다.

"내 말했지요. 일정 수준에 이르기까지 쥐 죽은 듯 살라고. 왜 나오셨소이까."

"그러는 당신은 어째서 여기에 서 있나!"

모종의 약속이라도 있었던 모양인지, 구양선과 장영조는 격정의 가운데에서도 서로를 가만히 응시할 뿐이다. 장영조의 발걸음이 한 발을 디딜 때마다 구양선은 뒤로 물러섰다. 장영조의 눈이 험악하게 뜨였다.

"내가 이 자리에 서 있는 것은 공자의 조부인 태양신군 때문이오. 그게 가주에게는 부담이었나 보오. 가주는 나와 화륜대주에게 당신을 처리하라 일렀지. 나는 태양신군을 밖으로 유인해 공자를 빼낼 생각이었소이다. 그리고 거기까지는 성공적이었지. 신군의 수하인 염화쌍곤을 궁지에 몰아넣고 신군에게 그 사실을 전해 밖으로 빼냈다. 그런데 이게 대체 무엇인가!"

노기마저 치밀어 오른 그의 목소리는 북풍한설처럼 차가웠다. 오랫동안 만들어왔던 대계가 구양선의 섣부른 행동 하나로 일그러졌다. 조금만 더 참았으면 될 일이었다.

게다가 무공을 익히지 않아도 안다. 저 몸에서 뿜어져 나오는 기운. 극도로 불길한 느낌을 주는 기운은 이 세상에서 단

하나뿐이다. 마공. 전달한 것은 세가의 기본 무공인 남환공이었는데 어째서 마공을 익히고 있는가.

장영조의 대계는 다른 것이 아니었다. 판을 바꾸는 것.

그가 구양세가에 자리 잡은 이유는 명확했다. 그가 십여 년의 세월을 구양세가에서 헌신한 대가. 그것은 눈앞에 선 청년 때문이었다.

구양선.

효정의 아이. 가난한 학사였던 장영조에게 한줄기 빛과 같았던 존재. 과거에 낙방하길 몇 번. 세상이 자신을 알아주지 않는 것 같아 속앓이 하던 젊은 시절, 장영조는 효정을 먼발치에서 처음 보았다.

이 얼마나 우스운 일이런가.

먼발치에서 본 얼굴에 끝끝내 사랑에 빠져 온 마음을 빼앗겼던 장영조였다. 남몰래 앓던 시간은 빠르게 흘렀다. 예악(禮樂)과 기예(技藝)를 팔던 예기(藝妓)였던 효정의 미모는 화사하게 피어났다.

그 미모가 한중을 넘어 섬서 전체에 퍼져 나가기 시작했다. 한중 제일 세도가라는 구양세가의 가주인 구양금에 눈에 띌 것은 말 그대로 시간문제였다.

장영조는 결정할 수밖에 없었다. 포기하거나 손에 쥐거나.

장영조는 비겁하게 도망쳤다.

구양금 때문이다. 무공 한 줌 모르는 서생에 불과했던 장영조는 효정을 향한 구양금의 마수를 감당할 자신이 없었다.

그리고 태어난 효정과 구양금의 아이.

구양금은 다시 효정을 찾지 않았다.

구양선을 데리고 가지도 않았다. 그저 하룻밤의 불장난에 불과했는지, 구양선은 그렇게 호담정의 기녀들 틈에서 자랐다.

주루의 하인.

그게 구양선의 신분이었다.

장영조는 구양세가에 적을 두었다. 막 성장해 가는 세가는 장영조를 반겼다. 그는 그동안 쌓아온 학문으로 지고당주가 되었다.

구양선에게는 몰래 글을 가르치고 무공을 전했다. 그리고 때를 기다렸다.

그런데.

"입이 있으면 말을 해보시오! 남환공은 어쩌고 그깟 마공을 익혔냔 말이오! 게다가 공자가 동혈에서 튀어나오면서 벌인 일 때문에 이제 더 이상 공자를 감출 수도 없게 되었소이다."

"나는……."

구양선은 장영조의 일갈에 주춤할 수밖에 없었다. 장영조와 했던 약속. 기실 구양선을 동혈에 잡아 가둔 지류대 무사는 장영조의 수족이었다.

미리 약속되었던 것.

그것은 가주의 자리였다. 세가의 차기 가주로 만들어주겠다. 그것이 장영조의 기다리던 때였고, 구양선과 한 약속이었다.

구양선의 자질이 소가주 구양비에 비해 재질이 결코 부족하지 않았기에 세워진 대계였다.

하지만 처음 약속과 달리 자신을 버렸다고 생각했던 구양선이다. 그래서 그 짧은 시간을 견디지 못하고 남환공을 마공으로 전환한 것도 모자라 동혈에서 멋모르고 뛰쳐나왔다.

그로서는 지금 할 말이 없었다.

"어찌해야 하오?"

차분하게 가라앉은 음성이다.

"이대로 떠나시오. 행여나 세가에 잠입해 분란을 일으키려거든 그냥 지금 잡히시오. 그런 것이 아니거든 한중을 벗어나야 하오. 아니, 섬서를 벗어나시오. 지금으로선… 청해가 가장좋겠군. 청해 서녕으로 가시오. 그곳에 있으면 사람을 보내리다. 지금 당장 떠나시오."

장영조는 그 말을 끝으로 그대로 몸을 돌려 문 안으로 사라졌다. 더 이상 엮이면 곤란하다. 구양선은 판을 바꾸기 위해 가장 중요한 인물이다.

게다가 태상가주와 가주가 눈에 불을 켜고 지켜보고 있는 지금, 이 이상은 분명히 의심을 산다. 누더기 옷에 봉두난발. 거지나 다름없는 몰골을 한 자와 지고당주가 친숙하게 말을 주고받는다?

그것은 안 될 일이다. 그래서다. 산으로 무사들을 올려 보낸 것도.

그들은 모두 자신의 사람이니 입만 맞추면 모든 것이 해결된다. 그런데도 불안한 마음이 드는 것은 왜일까.

장영조는 얼굴을 굳힌 채 생각에 빠져들었다. 마치 아무 일도 없었던 것처럼.

           *   *   *

법륜은 걸음을 옮겼다. 눌러쓴 죽립이 뜨거운 태양을 막아 냈다. 하남을 벗어나 섬서의 경계에 접어든 지 이틀. 그의 몸에서는 금강야차공이 쉬지 않고 운기되고 있었다.

정공과 동공.

정공에 비해 내력을 쌓는 속도도 성취도 부족하지만, 그래도 안 하는 것보다는 나았다. 무정의 도움 아래 아무도 모르게 숭산을 벗어난 것이 보름 전이니 이제 본산의 어른들도 그의 부재를 알아챘을 것이다.

무정이 열어준 길은 다른 것이 아니었다. 경험. 어차피 부서지는 칼날 위에서 살아야 할 운명이니, 그 칼을 타도 다치지 않게 경험을 쌓아줄 것을 약속했다.

그래서 찾아가는 길이다. 섬서를 관통해 청해로 바로 접어든 것이 아니라 한중을 경유한 것도 그런 까닭이다. 한중에는 백호방(白虎方)이라는 작은 방파가 있다.

백호방의 방주 여립산은 소림의 속가제자다. 백호방도 소림의 속가문이라는 말이다. 여립산은 그 이름이 알려지지 않은 고수 중 한 명이다.

기이한 인물.

절정에 이른 무공으로 강호행을 한 번도 행하지 않은 독특한 인물이다. 게다가 그가 익힌 무공은 소림에서 도통 찾아보기 힘든 도법(刀法)이다.

그런 자가 삼파가 지배하는 한중에 자리를 잡고 작은 방을 운영한다. 무정에게 듣기로도 그 규모가 작은 무관 수준이라 하니, 그 의도가 궁금해지는 법륜이다.

"백호방이라. 기대되는군요, 사조."

법륜은 조그맣게 중얼거리며 걸음을 재촉했다. 수풀이 우거진 산중. 적막한 길이다. 관도를 벗어났으니 인적을 찾아보기 힘든 것은 당연지사.

본디 산에서 살았던 법륜이니 그 어떤 곳보다 익숙한 곳이고 마음의 평온을 찾을 수 있는 곳이었다. 법륜은 뜨겁게 타오르던 해가 지는 것을 보며 커다란 나무 아래 자리를 잡았다. 쉬어갈 요량이다.

지잉.

법륜이 자리에 앉자마자 눈앞으로 기이한 장면들이 스쳐 지나갔다.

쫓기는 남자.

막아서는 자신.

불타오르는 숲.

싸움이다.

부딪히는 병장기 소리가 귓가에 들리는 듯했다.

반야신공을 버렸을 때는 종적을 찾기 힘들 정도로 수그러들더니, 금강야차공이 궤도에 오르자 다시금 발휘되는 육감이다.

"손님이 오시겠군."

법륜은 눈을 감고 금강야차공을 조용히 관조했다. 결코 서두르지 않는다. 언젠가 찾아올 일이라면 굳이 다급하게 쫓아갈 필요가 없다.

그저 기다리면 올 것이라는 굳건한 믿음이 있다. 이제 누구보다 자신의 육감, 신기를 믿는 법륜이다. 올 것을 알았으니 준비한다. 그것이면 족하다.

콰아아앙!

고작 일다경 정도가 흐른 것 같다. 법륜의 귓가로 폭음이 들려왔다. 동시에 빠르게 수풀을 스치고 지나가는 소리가 들렸다.

"오셨군."

법륜은 자리에서 일어났다. 눈앞에 우거졌던 수풀에 불이 붙었는지 매캐한 연기가 피어올랐다. 동시에 쫓으라는 고함이 여기저기서 들려왔다.

자신과 관계없는 강호사에 개입하지 말라던 무정의 당부가 떠올랐지만 이미 내친걸음이다. 야차신공의 신기가 자신에게 보여주었으니 결코 피해갈 수 없다는 것을 잘 아는 법륜이다. 법륜은 금강야차공을 끌어 올리며 튀어나올 존재에 대비했다.

사르륵.

"누구!"

수풀을 해치고 나온 사내는 몸 여기저기에 화상을 입고 있었다. 양손에 든 쌍철곤이 불길에 달구어졌는지 증기가 뿜어져 나왔다.

사내는 지친 기색이 역력했지만 법륜을 보자마자 곧바로 양손에 든 쌍곤을 쳐왔다. 내치는 곤에서 강력한 열양의 기운이 뿜어 나왔다.

절정의 무인이다. 기를 유형화시켜 뿜어낼 수 있을 뿐 아니

라 강호에서 찾아보기 힘든 열양공까지 구사한다. 보통 무인
이 아니다. 법륜은 감히 그 기운을 경시하지 못하고 두 손을
뻗어냈다.

법륜의 손에서 적토의 질주가 시작되었다. 적로제마장이 뿜
어지자마자 쌍곤은 급격하게 흔들렸다. 어깨를 노리고 뻗어온
곤이 법륜의 몸으로 다가오면서 이리저리 뒤틀리더니 이내 허
공을 찌르고 말았다.

쌍곤의 사내는 곤을 빠르게 회수해 법륜의 양어깨를 쳐왔
다. 완전한 기운의 통제. 법륜은 쌍장을 회수하며 한 발을 뒤
로 물렸다. 터져 나가는 무형사멸각. 발끝의 모인 극강의 기운
이 철곤을 스치고 지나갔다.

따앙!

두 번의 격타음. 튕겨져 나가는 쌍곤이다. 두 번 연속 급하
게 쳐낸 곤법이지만 사내의 곤법은 절정에 이른 무공. 이렇게
쉽게 무너질 무공이 아니다.

법륜은 사내를 일견하고 뒤로 물러섰다. 잘못을 저지르고
쫓기는 자 같았는데, 두 눈을 보니 열망 가득한 눈이다. 법륜
은 저런 눈을 본 적이 있었다.

그건 언젠가 무허가 죽고 결심했던 자신의 눈과 비슷했다.
해야만 할 일이 있는 사람이다.

"다짜고짜 살수라니. 무례하군."

법륜은 차분한 목소리로 사내의 정신을 일깨웠다. 하지만 사내는 몸을 멈추지 않았다. 계속해서 앞으로 전진하려 한다.

법륜은 그런 사내를 멈춰 세웠다. 금강야차공의 기파가 사내의 몸을 찍어 눌렀다. 초절정의 무형기를 다루는 경지는 아니지만 잠시간 붙들 정도는 되었다.

"다급해 보이는군. 정도의 무인인가?"

"그렇소."

"무슨 사정인지는 모르겠지만. 잘못한 것이 있나?"

"없소이다! 지금은 이렇게 시간을 끌 계제가 아니오! 나를 보내주시오."

죽립 안에서 웃음 짓는 법륜이다.

"좋다. 보내주지. 하지만 지금은 아니야."

고작 두 합을 겨룰 시간이다. 짧은 시간이었지만 사내를 쫓는 무인들이 속속들이 모습을 드러냈다. 검은 야행복에 복면을 하고 있으나 하는 행동이 거침이 없다. 마치 들켜도 상관없다는 듯이 행동한다.

그 수가 이십여 명은 되는 것 같았다.

"이름이?"

"염포요."

"기다려라."

사내는 법륜의 말에 순순히 대답할 수밖에 없었다. 마치 그래야만 할 것 같았다. 기감을 살펴보면 자신과 비슷하거나 한 수 위로 보이는데 기세만큼은 자신이 모시는 주군에 못지않았다. 법륜의 몸이 포탄처럼 쏘아져 나갔다.

첫 실전. 죽고 죽이는 끝없는 업보에 발을 내딛는 법륜이다. 기괴한 움직임. 법륜의 몸이 야차능공제로 가장 앞서 있는 복면인 앞에 그림처럼 나타났다.

뻗어내는 일수. 육도지옥수다.

법륜은 그 손에 극한의 공력을 실었다. 이 일수에 이자는 죽는다. 그 사실이 법륜의 뇌리에 확신처럼 번져 나갔다. 그것은 지켜보며 숨을 고르던 염포의 눈에도 마찬가지였다.

"안 돼! 죽이면 안 되오."

법륜의 손이 멈칫하더니 부드럽게 복면인의 귓가로 스쳐 지나간다.

파앙!

커다란 수인이 나무들을 꿰뚫고 지나갔다. 절정의 경지라엔 막강한 공력이다. 한 수, 한 수에 살의를 담아서 그렇다.

반드시 죽인다. 그렇기에 손속에 여지를 두지 않는다. 적이라면 죽이고, 아군이라면 싸우지 않는다.

어설프게 무공을 휘두르지 않는 것. 그것이 법륜이 산을 내려오며 한 결심이다.

단점이라면 극심한 내력 소모랄까. 하지만 대환단을 복용하고 새로이 연련한 금강야차공은 이런 일격을 수십 번은 더 날릴 수 있게 해주었다. 망설일 이유가 없는 것이다.

법륜의 고개가 뒤로 돌아갔다.

"아군인가? 왜 죽이지 않으면 안 되지?"

"사정이 있소! 손속에 사정을!"

"그놈의 사정 타령."

법륜의 몸이 빙글 돌았다. 다음으로 뻗어나가는 것은 아홉 번의 권격이다. 야차구도살의 경력이 송곳처럼 뻗어 나와 복면인들의 요혈을 노렸다.

맞으면 단숨에 숨이 멎는 사혈은 아니었으나 기맥이 흐르는 요혈이다. 격중된다면 불구는 아니더라도 회복하려면 상당한 시간이 걸릴 만한 중상이다.

파파팍!

일권에 한 명씩, 허물어지는 신형이다. 순식간에 벌어진 일이지만 정작 그 일을 행한 법륜은 당혹스러운 몸짓이다. 그렇다. 이 정도는 해줘야 한다. 그래야만 살법을 손에 쥔 의미가 있다.

그간 무정 같은 초절의 무인만 상대하다 보니 자신이 지닌 무가 어느 정도인지 그 위치를 잘 몰랐던 게다. 이러면 너무 쉽다. 법륜이 양손을 들어 올렸다.

손끝에서 강력한 경력이 뻗어 나왔다.

십지관천.

열 개의 손가락이 하늘을 뚫는다. 순식간에 아홉 명이 허물어지자 당황했던 복면인들은 법륜의 손이 올라가자마자 본능적으로 손에 든 칼을 들어 올렸다.

따당! 소리를 내며 엉겁결에 막아내는 자도 있는가 하면 그대로 쓰러지는 자도 보였다. 법륜은 쓰러지는 복면인들을 뒤로하고 다시 신형을 쏘아냈다.

야차능공제의 기괴한 움직임에 법륜의 몸이 좌우로 흔들리며 전진했다.

이제 남은 자는 고작 세 명.

기세등등하게 염포라는 자를 쫓아온 것치고는 허무했다. 법륜은 가장 앞에 서 있는 복면인을 향해 그대로 몸을 부딪혔다.

쾅음이 일며 천공고의 고법이 작렬했다. 그대로 튕겨 나가는 복면인이다. 튕겨 나가는 와중에 뿜어낸 선혈이 법륜의 죽립에 고스란히 묻었다.

뚝뚝.

순간 두 명의 복면인의 신형이 얼어붙었다. 핏물이 떨어지는 와중에도 법륜의 신형은 멈출 줄 몰랐다. 다시 한번 천공고. 그대로 하늘로 날아오르는 신형이다.

부딪힌 가슴뼈가 죄다 부러졌는지 어깨 모양 그대로 함몰되어 날아갔다. 상당히 격해진 손속이다. 사정을 뒤달라는 염포의 부탁에 실제로 몸에 실은 경력을 줄인 법륜이다. 그럼에도이 정도다.

마지막 남은 복면인은 저항을 포기한 채 뒤를 돌아 달아났다. 이에 법륜의 손이 다시 한번 들렸다. 십지관천의 빛줄기가몸을 꿰뚫고 지나갔다.

열 개의 경력 모두 적중했다. 염포는 그 모습을 보고 깊은침음성을 삼켰다. 사정을 봐달라고 했더니 모조리 박살 내놨다. 죽립의 사내는 너무도 당연하다는 듯 고개를 주억거리며죽립을 벗어내 핏물을 털어냈다.

"승… 려……?"

염포의 부질없는 중얼거림만이 다시 적막해진 산중에 고요하게 울려 퍼졌다.

*   *   *

"너무 과했습니다."

염포는 쓰러져 기식이 엄엄한 복면인의 두건을 벗겨냈다.서로 쫓고 쫓기며 싸웠다지만 몰라볼 수가 없다. 분명 사내가펼친 것은 화륜대의 무공인 열화철검(烈火鐵劍)이다. 깊이 참오하고 수행한다면 능히 절정에 이를 수 있는 무공이다.

"결겸!"

염포는 벗겨낸 두건에서 드러난 얼굴에 충격을 받은 표정이었다. 장결겸은 화륜대 세 명의 부대주 중 한 명이다. 처음부터 복면인들이 화륜대임을 알고 손속에 사정을 두어 계속해서 밀리기만 했다지만, 설마하니 화륜대의 부대주까지 나서다니.

게다가 그는 이렇게 쉽게 쓰러져 있을 사내가 아니었다. 염포는 다시 죽립을 쓴 승려를 바라보았다. 도저히 믿을 수 없다는 표정이다.

"염포라고 했지? 이제는 사정을 털어놓아 보시오."

"끄응. 본인은 아시다시피 염포라고 하오. 이름은 아까 일러주었으니. 강호에선 염화쌍곤이라고 불리고 있소이다. 구양세가 소속이오."

"구양세가! 태양신군 구양 노선배께서는 잘 계시오?"

의외의 이름이 튀어나와서였을까. 염포는 주춤거리며 입을 열었다. 잠깐 죽립을 벗었을 때 보았던 승려의 얼굴은 많이 쳐줘봐야 약관이었다.

그 연배에서 나올 만한 이름이 아니다. 소림 승려라면 짐작가는 인물이 한 명 있지만 젊은 승려가 구사하는 무공은 분명 소림의 무공이 아니었다.

"그렇소만… 주군과 안면이 있으시오?"

법륜은 당차게 고개를 끄덕였다.

"물론이오. 근 십 년이 되었을까. 내 나이 십오 세에 소림에서 그분과 겨뤄본 일이 있지. 물론 한참 밀렸소만. 아! 이거 실례가 많았습니다. 구양세가의 무인이시면 저보다 높은 배분이실 텐데……"

"법륜!"

염포는 법륜을 알고 있었다. 오히려 모른다면 이상한 일이리라. 주인으로 모시는 구양백으로부터 몇 번이나 들었던 소림의 어린 제자.

보여주던 그 기세와 기백은 소림의 제자가 아니라면 설명할 도리가 달리 없다고 하지 않았던가. 그런데 그 어린 스님이 어찌 이 섬서의 이름 모를 산에 모습을 보인단 말인가.

게다가 소림의 일맥이라 하기에 보여주는 모습은 지나친 파격과 태세 전환이다.

"나를 알고 계시오?"

오히려 법륜이 눈을 동그랗게 뜨고 염포에게 반문했다. 아는지 모르는지. 염포의 놀란 마음이 어떤지는 알고 있을까.

"법륜 스님이 맞다니 이야기가 쉽겠소. 나를 좀 도와주시오."

염포는 염화쌍곤이라는 별호와는 달리 상당히 저자세였다. 법륜은 염포의 말을 가만히 듣고만 있었다. 낌새가 이상했다. 산에서만 살아온 법륜이기에 산의 움직임이나 기세는 너무도 익숙한 것. 공기가 변하고 있었다.

"군기(軍氣)! 더 쫓아오는 자들이 있습니까?"

도와달라는 말이 이것이었는지.

법륜에게 쓰러진 자들이 선발대였는지 지금 산에 오르고 있는 자들은 결겸이라 불린 자를 제외하고 확실히 이들보다는 나아 보였다.

하나, 둘, 셋. 법륜은 기감으로 빠르게 다가서는 자들의 숫자를 셌다. 법륜이 염포를 돌아보며 말했다.

"수가 많습니다. 몇십은 되어 보이는데, 대체 무슨 일이오?"

보통 일이 아니다.

법륜의 말끝이 날카롭게 일어섰다. 인적이 드문 산중. 같은 사문의 무리에게 쫓기는 남자. 게다가 염포라는 사내는 지친 기색은 있었지만 손속에는 약간의 여력이 있어 보였다.

결코 이렇게 쫓길 만한 인물은 아닐 터. 게다가 구양백을 주군이라 부르지 않았던가. 가문 내의 일이라면 법륜이 끼어들기가 곤란하다.

'도와줘야 하는가?'

"가문의 일은 맞소. 하지만 내 명예를 걸고 도리에 어긋난 일이 아님을 밝히겠소. 그러니… 도와주시오."

"늦었소!"

도와달라는 염포의 말이 끝나기가 무섭게 법륜이 염포에게 달려들어 그의 몸을 밀쳐냈다. 날카로운 파공성이 들리며 철시 한 대가 염포가 서 있던 자리에 와서 꽂혔다.

계속해서 파공성이 들려왔다. 장거리에서 적을 요격하기 위한 최적의 무기가 법륜과 염포의 목숨을 노려왔다. 목시도 아닌 철시를 자유자재로 다루는 궁사라니 준비를 단단히 한 것이 틀림없었다.

'철시! 불귀궁객 도염춘!'

생각보다 몸이 빨랐다. 염포와 법륜은 계속해서 움직였다. 화살이 어느 정도 잦아들자 조금 전 감지했던 군기가 빠르게 다가서는 것이 느껴졌다. 지척이다. 법륜은 염포에게 다급하게 물었다. 염포는 정신이 없이 화살을 피하며 몸을 날리고 있었다.

"아직도 유효합니까?"

"무엇이!"

"죽이지 말라는 것 말이오!"

짓쳐드는 화살 한 대를 손으로 잡아챈 법륜이 염포의 목덜미를 끌어당기며 물었다. 화살 한 대가 염포의 가랑이 사이에 쒜엑 하고 꽂혔다.

그 순간 수풀을 헤치고 수십 명의 무인들이 모습을 드러냈다. 이번엔 복면을 걸친 것이 아니라 전부 흑색의 정복을 입고 있었다. 염포의 결단이 필요한 순간이다.

염포의 고민이 길어지는 것 같았다. 꽤나 충격을 받은 것 같은 표정이다. 그의 입술이 조그맣게 움직이며 글자를 만들어냈다.

화륜대, 가능한 살려주시오.

법륜은 염포의 옷깃을 잡아 저 멀리 집어 던지고 움직였다.

'쉽지 않겠어.'

죽일 수 없는 싸움이다. 소림이 무공 위에 살법을 손에 쥐고 새로이 무를 단련했다. 지금의 법륜은 무공은 퇴보했을지언정 싸움에서는 이전보다 한 수 위였다.

일 대 다의 결전은 경험해 보지 못한 것. 게다가 상대를 마음 놓고 격살할 수도 없으니 양손을 봉하고 싸우는 것과 진배없었다. 그럼에도 법륜은 몸을 날렸다.

일단 가능한 제압한다. 그렇지 못하다면 죽인다. 살기 위해서. 그러면 된다.

금강야차의 진기가 올올이 풀려 나왔다.

수풀을 헤치고 나타난 흑색 정복 차림의 무사가 발검과 무섭게 검을 질러왔다. 좌하단에서 우상단으로, 사선으로 뽑아내는 검이다.

검에 담긴 진기가 제법인지 검이 웅웅 하고 울었다. 적어도 일류에는 들었다고 봐야 한다. 아마 뒤에 쫓아오는 이들도 마찬가지.

법륜은 처음부터 전력을 전개했다. 철탑의 신추가 뽑어져 날아오는 검날에 부딪혔다.

따앙!

검이 튕겨 나가기 무섭게 법륜의 몸이 천공고의 수법으로 상대의 몸에 틀어박혔다. 폭음과 함께 검사가 하늘을 날았다. 기세등등하게 검을 내뻗은 것치고는 허무한 최후였다.

하지만 상대는 다수. 법륜이 검사를 향해 다가선 만큼 가까워진 화륜대의 무사들이 검을 내쳐왔다.

'합격도 불사하는가.'

구양세가라면 정도의 명문이라 들었는데 연수합격에 거리낌이 없다. 법륜의 몸이 우로 좌로, 다시 우로 움직이며 날아오는 검을 피해냈다.

그냥 피하기만 한 것은 아니었다. 몸이 흔들릴 때마다 법륜의 좌수와 우수가 화륜대 무사들의 몸에 닿았다 떨어졌다. 육도지옥수가 화륜대 무사의 몸에 아로새겨졌다. 화륜대 무사의 몸이 덜컥 멈추더니 그대로 허물어졌다.

법륜은 그 모습을 보면서 육도지옥수가 지금의 상황에서 가장 좋은 수법일지도 모르겠다는 생각을 했다. 반선수를 모태로 만든 무공.

소림의 색채가 가장 진하게 묻은 무공이다 보니 다른 초식에 비해서 살기가 비교적 적게 묻어나왔던 까닭이다. 순식간에 네 명이 쓰러지자 화륜대의 움직임이 다급하게 변했다.

어느새 날아오던 화살도 멈춘 상태. 잠시간의 소강 상태였다.

그때 화륜대를 헤치고 흉측한 몰골의 사내가 다가섰다. 염포의 얼굴에 놀라움이 서렸다.

"화륜대주!"

"그렇소, 염 대주. 이렇게 만나게 되어 미안하게 생각하오."

"이게 대체 무슨 일이오, 홍 대주?"

염포의 음성이 노기로 부르르 떨려 나왔다. 홍균의 어조는 어딘지 모르게 불편해 보였다. 구양세가에 대한 자부심이 하늘을 찌르는 사내.

게다가 염포와 홍균은 구양세가를 키워 나갈 때 서로 등을 맞대고 함께 싸워온 전우가 아니었던가. 그런 그의 눈이 염포와 법륜을 훑고 지나갔다.

"어쩔 수 없는 일. 나는 가주가 명하신 일을 행해야만 하는 입장이니 그대가 이해해 주시게. 아무도 모르게 처리하라 이르셨으니……. 거기 그쪽도 이번 일에 대해 유감을 표하지. 대신에 그대에게 명예를 지킬 수 있는 기회를 주겠네. 궁객 어르신은 물려주지. 부디……."

홍균의 일그러진 얼굴에서 걱정이 묻어나왔다.

"살아주시게."

그 말을 끝으로 화륜대가 달려들었다.

격전의 순간.

법륜의 눈이 각성한다. 소림의 젊은 용이 지옥의 야차로 다시 태어나는 순간이다.

$*$　　　$*$　　　$*$

"아직인가?"

여립산은 백호방(白虎房) 뒤에 마련된 방주 전용 연무장에 뒷짐을 지고 하늘을 올려다보았다. 서신이 당도한 것이 며칠 전. 금세 모습을 드러낼 줄 알았는데 본산의 사질은 아직까지 기별이 없었다.

"방주!"

삼십대 장한이 급하게 연무장으로 들어섰다. 소매도 없는 옷에 팔에 새겨진 호랑이 자문(刺文)이 흑도(黑道)의 왈패처럼 보였다.

"그놈, 덩치는 산만 해서 호들갑은. 무슨 일이냐, 장욱?"

장욱이라 불린 사내는 방주의 타박에도 아랑곳하지 않고 부산을 떨어댔다.

"아니, 그게, 형님! 아니, 방주. 구양세가에서 사단이 난 모양이오!"

우렁한 목소리에 어울리지 않는 경박함이다. 그럼에도 장욱이라 불린 사내의 행동은 위화감이 없어 보였다.

"사단?"

여립산의 짙고 굵은 눈썹이 꿈틀거렸다. 장욱이 호들갑을 떨 만했다. 한중에 있는 방파 중에서 구양세가의 눈치를 보지 않을 만한 세력은 전무하니까. 그건 소림의 속가인 백호방도 마찬가지다.

"화륜대가 예비조까지 전부 투입됐습죠."

"예비조까지 전부라면 거의 백 명에 이르는 인원이 빠져나갔다는 말인데… 다른 전투대는?"

"그게… 화륜대만 급하게 세가를 빠져나간 것 같습니다. 나머지 사륜대(四輪隊)는 움직임이 없습죠."

왠지 모를 불안감이 엄습했다. 시기가 너무 공교로웠다. 근래에 구양세가의 전투조가 대대적인 행사를 벌인 적이 없던 까닭이다.

소림 본산에서 온 서찰이 며칠 전 당도했고, 화륜대가 움직인다. 무언가 석연치 않은 점이 분명히 있었다. 그게 무엇인지 정확히는 몰라도 여립산은 느낄 수 있었다.

"전장의 향기……."

피 냄새가 났다. 화륜대주 홍균은 쉬운 인물이 아니다. 자신의 무력이 섬서성에서 낮은 위치는 아니지만 그렇다고 해서 최고를 바라보는 위치도 아니다.

홍균이 직접 나섰다면 그만한 일이 있었을 터.

"장욱, 화륜대가 움직인 방향이 어디지?"

"천문산(天門山) 쪽이었습죠."

"구양세가. 대체 무슨 생각인가."

여립산의 얼굴에 우려의 빛이 떠올랐다. 천문산은 지대가 높지는 않지만 중요한 지역이다. 한중의 구양세가와 천하고절 종남(終南)의 경계를 짓는 산.

구양세가의 최고 무력 부대 중 화륜대가 종남의 경계에 들어선다는 것은 곧 전면전을 할 생각을 가지고 움직인다는 뜻이다. 혹여 전면전을 생각하지 않더라도 무력 충돌을 피할 수 없는 상황이 발생할 터. 구양세가와 종남이 부딪히면 수많은 피가 흐를 것이 자명했다.

여립산이 생각한 시기가 공교롭다는 것은 굉장히 이례적인 일이다.

'우연인가.'

구주천하(九州天下) 드넓은 땅에 하남에서 섬서로 넘어오는 길이 수만 갈래는 되겠지만 가장 빠른 길은 종남을 거쳐 천문산으로 향하는 길목이기 때문이다.

여립산은 여러 가지 감정에 갈피를 잡기 힘들었다. 그저 우연이라 치부하기엔 그 뒤에 생길 파급력이 너무 컸다. 여립산은 되도록 싸움이 벌어지지 않기를 바랐다.

가능하다면 중재를 해야 한다.

싸움이 벌어져도 구파인 종남은 소림의 중재를 받아들일 터, 하지만 구양세가의 홍균은 어떨지 모르겠다.

"장욱, 준비해라. 천문산으로 가야겠다. 지금 움직일 수 있는 인원이 몇이나 되지?"

장욱은 고개를 주억거리면서 셈을 하는가 싶더니 손가락까지 동원해 숫자를 세기 시작했다.

"도언강 형제랑, 또 비공이 놈이랑 구염, 이렇게 넷이죠."

"그럼 총 여섯이군. 좋다. 소집해라. 일각 후에 천문산으로 간다."

"예? 다섯 아닙니까?"

여립산이 장욱을 흘겨봤다. 무공에 재능이 있어서 들였는데 머리는 기대 이하다.

"너 포함이다."

여립산은 짧게 대꾸하고 방주실로 향했다. 이런 놈이 부방주라니. 앞날이 암담한 기분이다. 그래도 전투에 있어서만큼은 누구보다 믿을 수 있는 장욱이니 그것으로 만족해야 할지.

여립산의 입가에 미소가 떠었다.

"오늘은 호랑이가 날뛰기에 아주 좋은 날이군."

                    *   *   *

  법륜은 날아드는 검격을 피해 몸을 뒤로 뺐다. 염포와 흉측
한 몰골의 화륜대주라는 사내의 대화에서 짙은 위화감을 느
낀 탓이다.

  도리에 어긋난 일이 아니라더니 달려드는 무인들의 기세가
심상치 않다. 반드시 죽이겠다는 기세로 달려드는데, 그 모양
새가 배수의 진을 친 장수의 기세와도 같다.

  법륜은 달려드는 화륜대를 뒤로하고 염포의 곁으로 몸을
날렸다. 날아드는 검을 피해 움직이는 모습이 화공의 그림처
럼 부드럽기 그지없다. 점점 공력의 운용과 보법이 능숙해지
고 있다는 증거였다.

  비록 원치 않았던 일에 휘말리긴 했지만 법륜은 오히려 이
상황이 반가웠다. 그동안 꼭꼭 눌러 담았던 무공이다.

  상대를 다치게 하면 안 된다는 망설임 없이 무공을 전개해
본 것이 처음이기 때문일까. 법륜은 묘한 해방감마저 느끼고
있었다.

  "이제 어쩌시려오."

  염포는 아직도 분이 풀리지 않은 듯 몸을 부르르 떨었다.

  가내에 일이니 더 이상 끼어들지 말아야 하는가. 그렇다고
눈앞에서 사람이 죽게 생겼는데 그것을 외면하기도 어려웠다.

강호의 경험이 일천한 법륜으로서는 섣불리 판단하기 어려웠다.

"일단은 이 자리를 벗어나야겠소. 공께서는 이 염 모의 목숨은 신경 쓰지 마시고 최선을 다해 자리를 벗어나시기 바라오."

법륜을 부르는 염포의 호칭이 달라졌다. 정도의 명문이면서 계산적이라는 평가를 듣는 세가의 일반적인 행태와는 달랐다. 염포는 법륜이 이번 일과는 관계없는 사람이란 것을 분명히 한 것이다.

"쉬이 보내줄 것 같지 않소만."

법륜은 죽립 아래에서 쓴웃음을 지었다. 벌써 이십이 넘는 구양세가의 무인이 법륜의 손에 쓰러졌다. 살수를 펼치지는 않았으니 죽은 사람은 없겠지만, 화륜대에게는 망신도 이런 망신이 없다.

화륜대는 자타공인 구양세가 최고의 무력 집단. 이대로 법륜을 보내주기엔 면이 서지 않는다.

법륜과 염포를 둘러싼 화륜대의 숫자가 육십을 넘어섰다. 저만한 무인들을 상대해 볼 기회가 얼마나 있겠는가. 자신의 새로운 무공을 시험해 볼 기회일지도 모른다.

법륜의 죽립이 위아래로 흔들렸다.

일단은 알겠다는 무언의 승낙이었다. 우선 이 자리를 빠져

나간다. 하지만 홀로 빠져나갈 생각은 없다. 같은 식구여서 제대로 싸울 수 없는 염포를 데리고 빠져나가려면 많은 공을 들여야 하리라.

"염 시주, 나는 지금부터 전력을 다할 겁니다. 죽는 자가 생길지도 몰라요. 그래도 괜찮다면 같이 빠져나가 봅시다. 노선배가 계시는 곳이 어느 방향입니까?"

염포의 딱딱하게 굳은 입술이 풀리며 분노에 찬 음성이 흘러나왔다.

"서쪽입니다. 서풍장이라는 곳입니다."

"갑니다. 잘 쫓아오시오. 길을 열겠소."

말이 끝나기 무섭게 법륜의 몸이 하늘을 나는 것처럼 달려나갔다. 기괴한 움직임은 여전했지만 놀랍도록 빠른 속도였다.

법륜이 급작스럽게 몸을 움직이자 화륜대의 무사들이 잘 짜여진 움직임을 보이며 법륜과 염포를 압박해 들어왔다.

"초열검진(焦熱劍鎭)! 검진이오. 빨리 뚫지 않으면 힘들어!"

법륜을 따라 움직이던 염포가 곤을 들어 검진을 완성해 나가던 무사를 강력하게 밀쳐냈다. 쩌엉! 소리와 함께 무사가 밀려나자 염포는 더 이상 관심 없다는 듯 법륜의 등을 쫓아 달렸다.

[전방에 세 번째, 일곱 번째 무사가 진의 중추요. 빠르게 무

너뜨리고 갑시다.]

일류에 이른 무사들이라지만 절정에 이른 무인 둘의 속도전이라면 큰 피해를 주지 않고도 빠져나갈 수 있으리라.

구양세가 검진의 핵심을 법륜에게 일러준 것도 그래서였다. 다치는 자들이 나오더라도 최소화하는 것이 훗날 오해를 풀기에도 좋을 거라는 생각이었다.

홍균이 나서기 전에 뚫고 나가야 한다. 그는 섬서 땅을 넘어 중원에 이름을 날린 무인. 구양세가의 위명이 뒤에 있었다지만 결코 무시할 수 없다.

게다가 화륜대는 홍균의 수족이다. 그가 존재하는 것 자체만으로 화륜대는 더 강력해질 것이다.

법륜은 염포의 말을 허투루 듣지 않았다.

달려 나가는 몸에 막대한 진기가 실렸다. 역시나 첫 일격은 천공고다. 제대로 된 공력 운용과 투로를 갖춘 고법은 강호무림 어디에서도 찾아보기 힘든 수법이다. 그만큼 낯익지 않은 수법.

천공고가 염포가 지목했던 자에게 틀어박혔다. 진의 중추를 맡은 화륜대원의 몸에서 화탄이 터지듯 폭음이 일었다.

고법에 적중당한 몸이 허공을 가르고 뒤에서 검진을 짜던 화륜대원의 몸 위로 날아가 부딪혔다. 법륜은 그 모습을 보지도 않고 몸을 날렸다. 어깨에 느껴졌던 충격이 그에게도 고스란히 느껴졌던 까닭이다.

짧은 순간이었지만 법륜이 한 명의 무사를 처리하는 동안에 검진이 계속해서 변했다. 법륜과 염포가 빠져나갈 수 없게 촘촘해지고, 진에 서리는 진기의 흐름이 단단해진다.

법륜은 염포가 말했던 일곱 번째 무사를 찾았지만 찾을 수 없었다.

"개진(開鎭)!"

검진의 움직임이 눈에 띄게 활발해졌다. 몸에 전해지는 압박감이 한층 거세졌다.

'이대로는 고립된다.'

그렇다면.

그냥 뚫는다.

처음에 검진의 한 축을 흔들어 쏟아지는 기세가 생각보다 부담이 덜했다. 하나 조금이라도 더 시간을 주면 걷잡을 수 없이 커질 터.

법륜은 달려 나가는 와중에도 염포를 살폈다. 그가 뒤떨어지면 곤란하다. 염포는 뒤에서 쌍곤을 휘두르며 화륜대의 검을 물리친다. 그는 생각보다 잘 따라오고 있었다.

애초에 절정의 무공을 지닌 무인이었으니 살생(殺生)은 힘들더라도 물리는 것 정도는 충분하리라.

철탑신추가 뿜어졌다. 권경이 날아가며 무사들을 밀어냈지만 이미 그가 보여주었던 무공이 보통 수준은 넘어선바, 검진을 이루고 있던 화륜대도 충분히 긴장한 상태였는지 생각보다 수월하게 법륜의 추법을 막아냈다.

"놀랍군. 진법이란."

소림 최고의 진법이라는 백팔나한진(百八羅漢鎭)도 이러할지. 다수로 소수를 압박하기에 이만한 것도 없어 보였다. 혼자서는 불가능했던 움직임이 검진 아래에서 가능한 몸놀림으로 탈바꿈하고 있었다.

법륜의 송곳니가 드러났다. 마음속에 가지고 있던 한 줌의 부담이 눈 녹듯 사라졌다. 두 눈을 감자 소림의 전경이 바람처럼 스치고 지나갔다.

이제 마음에 품었던 부처의 집은 없다. 오로지 지옥야차만이 존재한다. 이들은 곧 보게 되리라.

야차가 펼쳐내는 인세의 지옥을.

눈앞에 검진을 이룬 한 귀퉁이가 지척으로 다가왔다. 법륜은 두 손에 무심(無心)과 무정(無情)을 담았다. 자비를 거두고 폭력과 살의만 남겼다.

양손에 몰려드는 진기가 웅웅 떨었다. 광폭한 기운. 막대한 공력이 손에 머물렀다. 육도지옥수가 상대가 내치는 검을 피해 왼팔에 틀어박혔다.

퍼억!

푸화하하하학!

화륜대 무사의 왼팔이 그대로 터져 나갔다. 부러진 것이 아니다. 형체를 알아볼 수 없을 만큼 짓이겨져 아예 사라져 버렸다.

튀는 핏방울이 죽립을 다시 붉게 물들였다.

정적.

믿을 수 없는 광경에 모두의 눈이 부릅떠졌다. 왼팔이 터져 나간 무사만이 미친 듯이 비명을 지르고 있었다. 화륜대에서 나지막한 중얼거림이 들려온다.

"마공… 마공이다!"

이런 무공이 정도의 무공일 리 없다. 마공이 아니라면 이런 위력을 선보이기 힘들리라. 패도적이기 이를 데 없는 권법과 수법을 자랑하는 산동의 황보세가나 진주언가에도 이런 무공은 없었다.

마공이란 단어가 주는 힘은 강력했다. 법륜이 염포의 이름 모를 조력자에서 마인으로 탈바꿈한 순간이다. 마치 전염병처럼 퍼져 나간 마공이란 단어는 사람들을 광분하게 만드는 효과가 있었다.

"마공이라… 뭐 상관없겠지."

법륜은 귓가에 스치는 마공이란 단어를 뒤로하고 계속해서 달렸다. 여세를 몰아 내치는 장법이다. 전후좌우 가리지 않고 장력을 뻗어냈다.

붉디붉은 장력이 법륜의 장심에서 터져 나오자 화륜대원들이 마치 생사대적을 만난 것처럼 전력을 다해 검을 떨쳐왔다.

따앙!

'수준이 천차만별이군.'

검진의 힘을 빌었다지만 어떤 이는 너무 쉽게 공격을 허용했고, 다른 이는 쉽게 공격을 막아낸다. 화륜대 안에서도 수준이 갈린다는 뜻이리라.

적로제마장이 생각처럼 길을 열어주지 못하자 법륜은 다시 지옥의 손을 꺼내 들었다. 쩌엉! 하는 소리와 함께 법륜을 향해 내쳐오던 검이 산산조각 났다.

부서진 검 조각이 파편이 되어 화살처럼 뒤로 날아갔다. 법륜은 파편을 피해 뒤로 물러서는 무사를 향해 발을 차올렸다.

전가의 보도처럼 뽑혀 나온 사멸의 각법이 화륜대원의 몸을 가르고 지나갔다.

콰아아악!

상반신이 사선으로 갈라져 피가 분수처럼 튀었다. 염포는 법륜의 뒤에서 곤을 쳐내다 하늘 높이 비산하는 핏방울을 보며 경악에 휩싸였다.

구양백을 통해 법륜에 대한 이야기를 수도 없이 많이 들었던 염포도 법륜이 펼친 무공이 정공(正功)인지 마공(魔功)인지 분간하기 어려웠다.

그만큼 파괴적이고 무시무시했다.

그런 염포의 심중을 아는지 모르는지 법륜은 앞으로 계속해서 전진했다. 죽음의 공포가 화륜대원들의 머릿속에 알알이 박혔다.

"막는 자는 죽는다. 비켜서는 자는 산다. 선택하라."

『불영야차』 2권에 계속…

초대형 24시 만화방

신간 100%, 샤워실, 흡연실, 수면실(침대석), 커플석, 세탁기 완비

■ 광명 광명사거리역점 ■

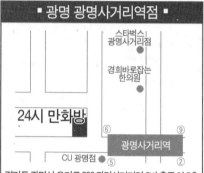

경기도 광명시 오리로 986 광명사거리역 6번 출구 앞 5층
02) 2625-9940 (솔목타워 5층)

■ 강북 노원역점 ■

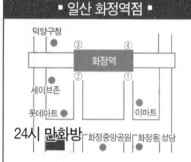

서울 노원구 상계동 340-6 노원역 1번 출구 앞 3층
02) 951-8324 (화용빌딩 3층)

■ 일산 정발산역점 ■

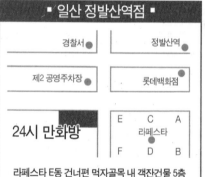

라페스타 E동 건너편 먹자골목 내 객잔건물 5층
031) 914-1957

■ 일산 화정역점 ■

경기도 고양시 덕양구 화정동 984번지 서일빌딩 7층
031) 979-4874 (서일사우나 건물 7층)

■ 부천 역곡역점 ■

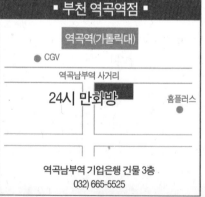

역곡남부역 기업은행 건물 3층
032) 665-5525

■ 부평역점 ■

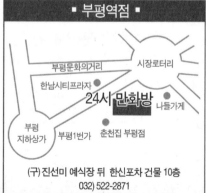

(구)진선미 예식장 뒤 한신포차 건물 10층
032) 522-2871